KB084241

광장

광장

김사과, 김초엽, 김혜진, 박솔뫼, 윤이형, 이상우, 이장욱 지음

초판 1쇄 발행: 2019년 9월 7일
4쇄 발행: 2024년 8월 31일
발행: 국립현대미술관, 워크룸 프레스
기획: 이사빈, 김신식
편집·디자인: 워크룸
제작: 세걸음

국립현대미술관
03062 서울시 종로구 삼청로 30(소격동 165)
전화: 02-3701-9500
웹사이트: www.mmca.go.kr

워크룸 프레스
03035 서울시 종로구 자하문로19길 25, 3층
전화: 02-6013-3246
팩스: 02-725-3248
이메일: wpress@wkrm.kr
웹사이트: www.workroompress.kr

ISBN 979-11-89356-23-1 02810
가격 15,000원

윤이형

김혜진

이장욱

김초엽

박솔뫼

이상우

김사과

광장

2019

국립현대미술관 / 워크룸 프레스

윤이형 ···················· 7

김혜진 ···················· 49

이장욱 ···················· 81

김초엽 ···················· 117

박솔뫼 ···················· 155

이상우 ···················· 183

김사과 ···················· 217

해설. 김신식 ···················· 251

출간의 말. 이사빈 ···················· 277

윤이형   광장

윤이형

2005년 중앙신인문학상을 받으며 작품 활동을 시작했다.
소설집『작은마음동호회』,『러브 레플리카』,『큰 늑대
파랑』,『셋을 위한 왈츠』, 중편소설『개인적 기억』, 청소년
소설『졸업』, 로맨스 소설『설랑』등이 있다.

— 저는 그 방식에 동의할 수 없는데요.

그렇게 말한 사람의 닉은 줄라이였다.

영원처럼 느껴지는 침묵이 흘렀다. 간신히 침묵을 깬 것은 수진이었다. 수진은 여러 날에 걸쳐 연락처를 수소문해 사람들을 초대하고 회의를 이끌어나가기 시작한 사람이었다. 모임을 만든 사람답게 수진은 모든 의사 진행 발언을 책임졌다. 하지만 얼굴을 보지 않은 채 단톡방에서 대화를 하고 있을지언정 예나는 알 수 있었다. 수진은 지쳐 있었다. 말을 할 때마다 침묵하는 사람들이 너무 많았다. 다들 닉네임과 작품 정도만 서로 알 뿐 직접적인 친분이 없어, 각자의 의중을 알아내기가 어려웠다.

— 이유를 여쭤봐도 될까요?

다시 잠깐의 침묵이 흐른 뒤 줄라이의 문장이 떠올랐다.

— 그 방식은 너무 낡았습니다.

모두의 몸이 보이는 것 같다고 예나는 느꼈다. 많은 사람이 모니터 앞에 얼어붙은 자세로 눈동자만 황 화백 쪽을(그게 어디인지는 모르지만) 향한 채 눈치를 살피고 있었다. 아니, 정말 많은 사람일까. 어떤 사람들은 황 화백을 애써 외면하고, 어떤 사람들은 쏘아보고 있을지도 모른다. 황 화백은 그들 중 가장 나이가 많았고,

가장 유명했다. 인터뷰 사진마다 아름다운 은발로
미소를 띠고 등장하는 황 화백을 보며 저렇게
늙고 싶다고 생각하는 사람들이 아마 적지는
않았으리라. 하지만 '작가'가 아니라 '화백'이라는
호칭에는 무시할 수 없는 무거움이 담겨 있었다.
만화가들이 연대를 만들고 있다는 소식을 전해
듣고 황 화백은 수진에게 먼저 연락을 취해왔다.
꼭 함께하고 싶다고. 후배들이 하는 일에 실오라기
같은 힘이나마 보태고 싶다고. 수진은 곧바로
황 화백을 단톡방으로 초대했다. 그게 경솔한
일이라고 예나는 조금도 생각해보지 못했다.

　줄라이의 메시지를 아직 읽지 않은 사람이 여덟
명 있었다. 그 안에 황 화백이 있었으면 좋겠다고
예나는 생각했다. 줄라이의 문장들이 이어졌다.

　—'자유로운 개인들의 느슨한 연대' 같은 것을
아직도 믿으시나 봅니다. 저는 그런 연대의 시대는
오래전에 끝났다고 생각합니다. 근사하게 들릴 뿐
그건 허상입니다. 아니, 기만입니다. 효율적이지도
평등하지도 않습니다. 그리고 이 경우에는,
정당성도 별로 없다고 봅니다.

　아, 큰일 났네, 예나는 생각했다. 아니다. 생각만
한 게 아니라 말로 나와버린 모양이었다. 소파에
앉아 TV를 보고 있던 엄마가 왜, 뭐가 큰일 났는데?
하고 물었으니까.

응, 아니야…라는 말도 하지 못했다. 입에서는 계속 아아… 하는 탄식에 가까운 소리만 새어 나왔다. 가슴이 쿵쿵 뛰기 시작했다. 저 사람은 어떻게 저렇게 무례하게, 단정적으로 말을 할까. 대체 무슨 생각일까.

— 정당성이 없다고요?

— 사람들이 생업을 포기하고 거리에 나와 있습니다. 경찰이 과잉 진압을 할 거예요. 광장에서 싸움이 벌어졌는데 왜 직접 그곳으로 가지 않습니까. 우리는 직장에 다니는 사람들도 아니고, 어디에 묶여 있지도 않은데요. 갈 수 없는 사람들을 대신해 한 명이라도 가서 몸으로 싸워야 하지 않나요.

다시 침묵이 흘렀다. 생업을 제대로 하지 못한 지 오래된 건 우리도 마찬가진데요, 라는 문장이 예나의 머릿속에 떠올랐다. 하지만 줄라이의 어조가 너무 단호해 뭐라고 토를 달 용기가 나지 않았다. 우리더러 낡았다면서, 당신이 오히려 쌍팔년도 스타일 아니야? 예나는 생각하고 자신의 분노에 놀랐다.

— 우리가 각자의 이름을 걸고 작품을 하나씩 그려 신문에 연재하자고 하셨지요.

줄라이가 다시 말했다.

— 네, 우리는 만화를 그리는 사람들이니까요.

수진이 말했다.

—그렇게 하면 어떤 일이 생길까요. 우리는 일흔여섯 명입니다. 하지만 많아야 열 명에서 열다섯 명 정도만 연재를 할 수 있을 겁니다. 시간도 부족하고, 일흔여섯 명에게 다 줄 지면을 가진 신문은 아마 없을 테니까요. 그다음에는 사람들이 와서 댓글을 달고 하트를 누르고 우리의 만화를 퍼가겠지요. 어떤 신문에서는 우리를 다루는 기사를 쓸 겁니다. 우리 중에서 몇몇 이름들이 선택되어 기사에 등장할 거고요. 주로 유명한 분들의 이름이 그렇게 되겠지요. 지명도에 따라 작품이 퍼지는 정도도 다르겠지요. 기여한 정도는 같은데도요.

예나의 귀에 환청이 들렸다. 후우, 사람들이 한숨을 내쉬는 소리였다.

—그리고 몇몇 분들은 인터뷰도 하시겠지요. 기자들이 이 연대에 대해서만 물을까요? 아뇨, 그렇지 않을 거예요. 최근작, 최근 근황과 함께 사진이 실릴 겁니다. 각자의 작품을 볼 수 있는 사이트로 링크도 걸리겠지요. SNS 아이디도 이름 옆에 나올 테고 팔로워가 늘어날 거고요.

—줄라이 님…

수진이 신음하듯 불렀다. 하지만 줄라이는 그만둘 생각이 없는 듯했다. 무언가에 대한 울분이

단어 하나 어절 하나에 꽉꽉 들어차 있는 것
같았다.

　— 모두가 각자의 자리에서 하는 모자이크식
연대요? 그건 우리에겐 맞지 않는 모델입니다.
우리 중에는 유명한 사람과 전혀 유명하지
않은 사람, 엄청나게 많은 팬을 거느린 사람과
저처럼 이제 막 데뷔한 사람이 섞여 있다는 걸
모두 아시지 않습니까? 결국에는 지명도가 높은
사람이 모든 공적을 가져갑니다. 출판을 하고
홍보를 하고 북 토크를 하자고 하셨지요? 북
토크 자리에서도 그분들만 의식 있는 작가로
조명을 받을 겁니다. 장소를 섭외하고 의자를
나르고 회계를 보는 사람들, 험하고 궂은일을
하는 사람들은 지워집니다. 저는 다수의 사람이
들러리만 서고 공은 뺏기는 그런 연대는 더 이상
하고 싶지 않습니다. 한두 번도 아니고요.

　누군가가 단톡방을 나갔다는 메시지가 떴다.
한 사람, 또 한 사람. 줄라이의 말을 참지 못한
것이었다. 예나는 기도하듯 화면을 바라보았다.
모두 네 명이 나갔다. 이제 그들은 일흔두
명이었다.

　한두 번도 아니라고… 예나는 생각했다.
예나는 처음이었다. 학교에 다닐 때도, 사회에
나와서도 이 비슷한 일을 해본 적은 없었다.

어느 시점 이후로는 사회 참여 같은 건 꿈도 꿀 수 없었다. 그저 만화를 그리며 돈을 벌 수 있다는 것, 살고 싶게 만들어주는 무언가가 있다는 것만으로도 감사한 일이었다. 예나보다 어린 것 같은데 줄라이는 어떻게 저렇게 확신에 차 있을까.

— 모두가 역할을 평등하게 나눠 가질 수 있도록 애를 써보면 안 될까요. 저는 만화를 그리는 일과 그 만화가 널리 퍼질 수 있게 돕는 일 사이에 중요도의 차이가 있다고 생각하지 않는데요. 왜 그렇게 부정적으로만 생각하십니까. 아직 우리는 무슨 일을 할지 다 정하지도 않은 상태가 아닌가요.

수진이 말했다. 하지만 줄라이의 다음 말을 듣고서는 수진 역시 더 이상 아무 말도 할 수 없는 듯했다.

— 아뇨, 여기서 우리는 평등할 수 없습니다. 저는 다른 곳에서 저의 방식대로 연대를 하겠습니다. 죄송합니다.

두 명이 단톡방을 나갔다. 잠시 후 세 명이 또 나가버렸다. 잠시 후 줄라이 자신도 단톡방을 나갔다. 아니, 잠깐만요, 그러고 나가버리면 어떡해, 예나는 자신도 모르게 책상을 쾅 쳐버렸다. 이런 젠장할, 나가려면 아무 말도 하지 말고 조용히 나가든가. 단톡방에 다시 침묵이 이어졌다.

누구야? 이번엔 또 어떤 놈이 뭐라 그러니?

윤이형

엄마가 다가와 눈을 동그랗게 떴다.

평등? 그런 게 어딨어. 그거야말로 정말 환상
아냐? 예나는 생각했다.

○

서울 광화문광장이 폐쇄되고 그 자리에 지상
8층, 지하 3층으로 이루어진 초대규모 복합 집회
문화 공간이 들어설 거라는 뉴스가 발표되었을
때 예나는 눈을 의심했다. 광장이 없어지다니.
한국에서 그 정도 규모의 '복합 문화 공간'은
보통 쇼핑몰을 가리키는 말인데 '복합 집회 문화
공간'이란 또 뭘까? 뉴스에는 정부가 내세운
광화문광장 일대 재구조화 계획의 취지와
세부안이 나와 있었다.

'… 서울 광화문광장 일대는 오래전부터
물리적으로 문제가 많다는 지적을 받아 왔으며
재구조화를 요구하는 의견도 끊이지 않고 있는
공간이다. 이에 민의를 반영하고 시대의 변화를
십분 고려하여 더욱 쾌적하고 문화적인 환경에서
시민들이 집회·시위·공동 행동을 할 수 있도록
재구조화를 계획했다. 여름에는 점점 폭염이
심해지고 겨울에는 혹한으로 야외 활동을 하기
어려워지고 있는 대한민국의 기후를 고려해,
야외가 아닌 실내에서 건강을 위협받지 않고

자유롭게 집회 활동을 할 수 있도록 최적화한
공간을 꾸밀 것이다. 또한 층마다 20~30인씩을
수용 가능한 40~50개의 소규모 집회 전용공간을
각각 마련하고, 공간마다 집회 현장을 청와대로
직접 중계할 수 있는 최첨단 촬영·편집·방송
장비와 멀티스크린을 설치할 계획이다. 이에
더해, 집회 전후와 사이사이에 이용할 수 있도록
국내외 최고 퀄리티 브랜드의 식음료매장과
의류·전자제품·생활용품 매장, 영화관·서점·게임
공간 등을 함께 마련해 시민들의 편의를 최대로
보장할 것이다.'

— 기괴하다, 진짜.

— 자본으로 길들이겠다는 거네요. 강아지처럼.

— 정부가 지어준 홀에서 커피랑 디저트 사
먹으면서 예쁘고 얌전하게 구호 외치고 영화 보고
쇼핑하고 돌아가라는 건가 봐요.

— 국민이 한목소리를 내는 걸 원천
봉쇄하겠다는 거예요. 집회 현장에 소규모 인원만
들어가는 방이랑 벽이 왜 필요하죠? 이건 명백한
독재이자 국민에 대한 조롱이에요.

— 이순신이랑 세종대왕 동상은 어떻게 한다는
걸까요?

— 몰라요. 건물 입구에다 떡하니 세워놓으려나.
그 왜, 옛날에 입구에다 에일리언 조형물 세워놓은

노래방 체인 있었잖아요. 딱 그 느낌이겠네.

— 진짜 현실이 만화보다 만화 같아요. 만화가
때려치우라는 건가.

단톡방이 막 생겼을 때 들어온 작가들은
저마다 울분과 황당함을 토해냈다. 그들이
퍼오는 뉴스를 열심히 읽던 예나 곁에서 엄마가
한마디했다.

— 역사란 돌고 도는 거니까.

— 응?

— 왜 청바지 같은 거 하나 사면 조금 있으면
유행 지나잖아. 근데 그걸 버리지 않고 옷장
속에다 한 10년쯤 모셔놓고 있으면 다시 꺼내
입을 일이 생긴다니까. 예전에도 이런 거 하려고
하던 대통령 한 명 있다. 멀쩡한 강 다 퍼내고
한반도 대운하 만든다고 어쩌고 했던. 그런 게
다시 온 거야.

예나는 투표를 하지도 못했고, 새로 뽑힌
대통령이 어떤 사람인지도 알지 못했다. 그때는
그럴 수 있는 상태가 아니었다. 그래서 수진의
연락을 받았을 때 주저하지 않았다. 그럴 수
없었다. 알 수 없는 부채감 때문이었다.

— 예전에 그런 정권을 겪었는데 어떻게 또
저런 사람이 대통령이 됐어?

— 사람들이 원했으니까 됐지. 예나야, 네가

생각하는 상식이 세상의 상식이 아닌 거야. 그냥 내가 가진 생각은 극히 소수의 생각이다, 여기고 살아야 맘이 편해. 촛불 집회로 정권 바뀌었다고 그때 그 사람들이 어디 가겠니? 그리고 바뀐 정권도 그렇게 완벽하지는 않았어. 그럼 사람들은 흔들리게 돼 있어. 비슷한 게 한동안 이어지면 또 그게 싫어져서 반대편으로 가는 거지.

야당이 바로 반대하고 나섰다. 시민 단체들도, 각계 인사들도 성명을 내고 항의에 들어갔다. 하지만 정부는 보란 듯 다음 계획을 발표했다. 광화문광장이었던 자리의 아스팔트를 조각내서 기념품으로 특별 제작해 판매하겠다는 것이었다. 예나는 뉴스에 삽입된 견본 이미지를 자세히 들여다보았다. 가로 15센티미터, 세로 15센티미터, 높이 1.5센티미터의 '광장'이 서울시 마스코트인 해치 마크가 들어간 열쇠고리와 노트와 함께 예쁘게 포장된 굿즈였다. 카피는 '옛 광화문광장의 추억을 영원히 간직하세요'였고, 가격은 한 세트당 1만 원이었다. 이 굿즈 세트는 선 예약을 받아 판매하는데 먼저 예약한 1만 명에게는 광장 자리에 들어설 복합 집회 문화 공간의 전 시설과 판매되는 모든 식음료 메뉴를 하루 동안 무료로 이용할 수 있는 쿠폰이 제공된다고 했다. 그 뉴스가 나온 바로 다음날, 예약분의 98퍼센트가 팔렸다는 뉴스가 떴다.

윤이형

보수 언론에서는 광화문광장이 새롭게
거듭나야 하는 이유를 경쟁하듯 기사와 논평으로
냈다. 광장이 옛 형태대로 보존돼야 한다고
말하는 사람 중에 실제로 광장에서 벌어지는
폭력과 혐오를 경험해본 사람이 얼마나 되느냐고,
날마다 집회가 열리지만 실제로는 하나의 의제를
두고 세 곳, 네 곳의 시민 단체가 모여 경쟁하는
형국이라고, 그 단체들 사이에는 반목과 증오의
분위기가 흐르며 이런 분위기가 종종 충돌로
이어지기도 해서 나들이를 나온 평범한 시민들의
눈살을 찌푸리게 만든다고 했다. 낮에 광장을
채우고 있는 사람들의 대다수는 실은 갈 곳
없이 배회하는 노인들이며, 밤에는 노숙자들과
행려병자들이 불법으로 텐트를 치고 사회적
문제와는 아무 관련 없이 자리를 차지하고 있는데
그것이 과연 민주주의냐고 했다. 새로운 시대의
시민들은 더 이상 낡은 방식으로 자신들의
의사를 정부에 반영시키고 싶어 하지 않으며,
어차피 광장이 상징적 장소라면 시민들의
편의와 취향에 맞게 업그레이드하는 것이 어떤
관점에서 보나 합리적이고 상식적이며 미래적인
선택이라고 했다. 국민들이 원하는 것은 생활과
바로 연결되는 민주주의, 평화와 상호 존중이지
무력과 목이 쉬도록 외치는 구호, 빨갛고 파랗고

검은 현수막에 쓰인 구시대적이고 교조적인 선동이
아니라고 주장했다.

국민을 대상으로 했다는 여론 조사 결과가
발표됐다. 복합 집회 문화 공간 건축에 찬성하는
의견이 54퍼센트, 반대가 23퍼센트, 관심
없다는 의견이 23퍼센트였다. 어차피 그런 건 다
조작이라고 모임의 누군가가 말했지만 예나는
충격을 받았다. 정신 건강에 안 좋으니 보지 말라는
사람들의 말에도 뉴스 댓글들을 읽었다. SNS에
들어가 사람들이 뭐라고 말하는지 읽어보았다.

— 꼭 광화문광장에서만 시위를 할 수 있는 건
아니잖아요. 중요한 정치적 모임들은 살롱이나
카페에서 거의 다 열리는데 굳이 왜 광화문광장을
고집하죠? 그리고 디저트… 디저트가 왜요? 디저트
먹으면서 정치적 주장을 말하면 왜 안 되지?

— 민주주의가 죽었다고? 서울만의
민주주의겠지. 그 슬픔의 반의반만이라도 소외된
지방민들의 삶에 관심 좀 가져줬으면 좋겠다. 지방
사람들은 그만한 광장 없이도 지금껏 별 불편 없이
살아왔다. 돈 지랄이고 예산 낭비고 말들이 많은데,
솔직히 난 나 사는 곳에 그런 거 생기면 두 손 들고
찬성하겠다. 여긴 영화관도 없어서 영화 보려면 한
시간 차 타고 가야 한다고. 같지도 않은 서울 부심
좀 버리길.

— 시원하다고 밥도 안 먹고 쉬지도 않고
투쟁에 몸 바치나? 아니잖아. 나도 촛불 집회
나갔었어. 집회하면서도 중간에 스타벅스
들어가서 커피 마시고 휴식도 취하고 끝나고
고깃집에서 저녁도 먹고 술도 한잔하고
헤어졌는데? 어차피 행진하고, 땅바닥에 열 맞춰
앉아 있는 건 포즈고 제스처 아닌가? 허리 아프고
다리 아프게 몸으로 구른다고 그게 청와대에 다
전해지던가? 그렇지도 않다고. 전부 모니터링해서
쌍방향 의사소통한다잖아. 좀 더 편하고 안전하게
시위할 수 있을 것 같은데 뭐가 문젠지?

— 정부 무릎에서 하는 얌전한 시위는
싫다고요? 그럼 그동안 해온 국민 청원은 뭐가
좀 달랐나? 이슈가 뜨면 다들 '청원합니다' 버튼
누르고 바로 그 이슈 잊어버리잖아요. 그거
정부가 다 선별해서 의견 표명하고 대답하기 싫은
건 내내 묵살해왔는데. 그렇게 버튼 하나 누르는
것 정도가 우리가 할 수 있는 행동이었어요.
새삼스럽게 무슨 저항의 의미가 쇠퇴합니까.

○

줄라이가 단톡방을 나간 다음 날부터 며칠에
걸쳐 사람들이 줄줄이 빠져나갔다. 말없이 나가는
사람들도 있었고, 실망했다거나 불쾌하다거나

화가 나서 견딜 수 없다고 의사를 표현하고 나가는
사람들도 있었다. 이제 단톡방에는 마흔두 사람만
남아 있었다. 모두 서로의 문장을 숨죽여 살피고
있었다. 알 수 없다. 모임에 처음 들어왔을 때만
해도 서로 떨어져 있던 만화가들이 이렇게 많이
한데 모였다는 생각만으로도 가슴이 벅찼는데,
이제는 각자가 무슨 생각을 하는지 알 수 없다는 게
예나는 이상하게 두렵고 외로웠다.

　—졸지에 명성만 추구하는 속물들이 돼버렸네.

　누군가가 말했다. 한동안 아무도 말이 없었다.
이제 이런 침묵조차도 점점 견디기 힘들었다.

　—저는 조금 억울한데요.

　또 다른 누군가가 말했다.

　—이 방에 처음 들어왔을 때 저는 여기서
무엇을 해서 무엇을 얻겠다거나 하는 생각은 전혀
없었거든요. 그냥 광장이 폐쇄되어서는 안 된다는
절박한 마음 하나로, 도움이 된다면 무엇이든
해야지 하고 들어온 거였어요. 줄라이 님이 얘기한
것 같은 그런 생각은 조금도, 머리에 떠오르지조차
않았어요. 경험이 없어서 그런 거겠죠. 그런데 너무
간단하게 이익 추구 식으로 매도당한 것 같아서,
뭐랄까, 마음에 상처가 조금 생겼네요.

　—젊은 여성 작가분들이 많이 나갔네요. 아무
말도 없이 나간 분들요.

　　　　　　　윤이형

또 누군가가 말했다. 조금 전에 억울하다는 말을 한 작가가 황급히 말을 받았다.

— 그런가요? 저도 20대 후반이고 여자인데 여기 있는데요.

두려워한다, 예나는 느꼈다. 편이 갈리고 프레임이 씌워져 규정되는 것을 두려워하는 것이 이 사람만은 아닐 거라고 예나는 생각했다.

— 그런가… 제가 성급했나 보군요. 죄송합니다.

— 제가 좀 얘기해도 될까요?

또 다른 사람이 말했다.

— 솔직히, 줄라이 님 같은 사람들 때문에 이런 사태가 벌어진 건 아닌가, 저는 그런 생각이 드네요.

— 무슨 말씀이시죠?

— 집회 공간을 칸칸이 나눈다고 하잖아요. 하나의 커다란 광장이 아니고요. 촛불 집회 규모의 결집을 막으려는 속셈이 뻔히 보이긴 하는데요, 요즘은 그게 하나의 추세라는 생각도 들어요. 대동단결, 이런 말은 옛날이야기고, 요즘 사람들은 서로 다른 걸 못 참아요. 조금만 이질감이 느껴지면 손을 놓고 차단해버리죠. 갈라져서 서로 싸우고. 자기들끼리 코드가 맞는 사람, 나이가 비슷한 사람, 노는 동네가 비슷한

사람, 옷차림이 비슷한 사람, 이렇게만 모여서
뭘 하려고 해요. 비정상적일 정도로 동질성만
추구하고, 다른 존재는 순수하지 못하다고
배제해버리는데, 그 동질성이 환상이라는
걸 알아야 할 텐데요. 이를테면 광장 폐쇄에
반대한다고 해도 어떤 사람들이랑은 그걸 같이
하기가 싫은 거죠. 나 같은 이 모임의 노땅들은
자기들처럼 안 멋있다 이거죠. 옛날에는 안
그랬는데. 정부가 그걸 알고 반영한 거야, 이게 다.
젊은 사람들이 왜 그럴까?

또 한 명이 나갔다. 아니, 두 명이 나가버렸다.
맙소사, 예나는 생각했다. 저렇게 꼰대스러운
발언을 지금 왜 해?

— 제 말에 기분 나빠서 또 나가시는 분들이
있네요. 그렇다니까. 이 정도를 못 참아.

— 잠깐만요. 저는 동의할 수가 없고, 지금
상당히 무례하신 것 같은데요?

또 다른 사람이 말했다.

— 님께서 하신 말씀이 무슨 뜻인지는 알겠고,
저도 공감하는 부분이 있어요. 아마 2010년대
중반부터였던 것 같은데, 어떤 정치적 행동을 할
때 구성원 사이에 동질성을 추구하는 움직임이
나타났고, 지금은 그게 일반화가 되었죠. 여성은
여성끼리, 남성은 남성끼리, 비슷한 나이대의

윤이형

사람들끼리, 같은 진영끼리, 그렇게만 참여
가능하다고 처음부터 못 박아 놓고 구성원을
모으는 경우가 많잖아요. 집회에 참여할 때
입구에 보이지 않는 문이 서 있어서 거길
통과해야 하는 것처럼 느껴질 때가 많았어요.
운영진에게 자신의 정치적 스탠스를 말하고
입장해야 하는 경우도 있었고요. 그런 게 싫기도
했고, 옳지 않다고 느껴질 때도 여러 번이었어요.
검열 같아서. 다들 저 사람이 혹시? 하는 눈으로
서로를 감시하고, 아니다 싶으면 금방 손절하죠.
하지만 그런 분리의 움직임이 시작된 데엔 이유가
있었어요.

　　— 이유요?

　　— 광장에서 차별과 혐오가 먼저 발생했어요.
여성과 소수자, 청소년에 대한 차별을 담은
구호가 외쳐졌어요. 한자리에 모여서 같은
싸움을 하고 있다고 생각했는데, 사실은 어떤
사람들을 자신과 같은 인격체로 보지 않는
사람들이 있었던 거예요. 그리고 윤리적인 일을
하기 위해 만들어진 모임들에서조차 성폭력과
노동 착취, 나이 어린 사람에 대한 연장자의
하대 같은 일이 숱하게 발생했어요. '자유로운
개인들의 느슨한 연대'였는데, 너무 자유롭고
느슨해서, 그 자유와 느슨함 사이사이에 폭력이

숨겨져 있었던 거예요. 그런 배신감에서 불신과 불안이, 지금 같은 분리주의가 시작되었다고 저는 생각해요. '그런 광장에는 나는 가고 싶지 않다'는 항의가 늘어갔고요. 서로를 믿기 힘드니까 최대한 비슷해 보이고 같은 위치에 있는 것처럼 보이는 사람들끼리만 모이게 되고, 빡빡해 보일 만큼 동질성을 추구하면서 행동하게 된 거죠. 설령 그 동질성이 환상이라 하더라도요.

— 그래요. 내 말이 그 말이야.

— 그런데 그렇다고 해서 그걸 정부의 저런 말도 안 되는 술책과 동일 선상에 놓는 게 옳습니까? 사람들이 분열되었다면, 어떻게든 분열의 원인을 파악해서 함께할 수 있는 길을 찾아야지, 국민 전체를 분열시키려는 정부의 움직임을 그 사람들 탓으로 돌리면 어떡합니까? 이 모임에 함께하자는 제안을 받았을 때 저는 굉장히 반가웠어요. 참으로 오랜만에 '만화가'라는 하나의 정체성 아래 서로 다른 다양한 사람들이 함께할 수 있겠다고 생각했기 때문이에요. 딴 건 생각하지 않아도 될 줄 알았어요. 그런데 여기서마저 '요즘 젊은 사람들'이라는 말을 듣게 될 줄은 몰랐습니다.

— 님, 혹시 줄라이랑 친해요? 진짜 예민하네.

침묵이 흘렀다. 누가 더 오래 견디나 싶은 침묵이었다. 마침내 예민하다는 말을 들은 작가가

죄송합니다, 라는 한마디를 남기고 단톡방을
떠나버렸다. 예민하다는 말을 한 작가는, 눈치도
없이 저 사람 남자예요 여자예요? 몇 살이야? 하고
계속 물어대다가 싸늘한 침묵이 이어지자 나 참
진짜! 하고 소리치고 방을 나갔다.

　　서른여덟 명이 남았다.

　　　　　　　　　　○

다음날 정오쯤 수진이 침묵을 깼다.

　　—H지에서 연락이 왔어요. 우리 모임에
누구누구가 있느냐고 물어서, 대답하지 않았어요.
매일 한 명씩 열 명에게 지면을 줄 수 있대요.
줄라이 님이 반대 의견 표명하시기 전에 제가
전화해서 물어봤었거든요. 반대 의견이 나올 수
있다고 미처 생각하지 못하고… 너무 성급했네요.
지금 그 답이 온 건데, 어떻게 해야 할까요?
투표를 할까요?

　　네, 예나가 얼른 말했다. 수진이 너무 힘들어
보여서였다. 네, 좋아요, 그래요, 몇몇 사람이
동의했다. 예나가 투표 양식을 만들기로 했다.
폼을 열고 문항을 적고 있는데, 누군가가 말했다.

　　—투표로 결정할 수 있는 문제일까요?
하자는 의견이 소수더라도, 하시고 싶은 분이
있다면 하시는 게 맞지 않나요? 나머지 사람들이

반대해도 되는 걸까요?

수진이 잠시 후에 대답했다.

─촛불 집회 때마다 느꼈던 건데요, 느슨한 연대에서는 무엇을 '하자'와 '하지 말자'가 있으면 항상 '하지 말자'가 선택돼요. 늘 온건한 쪽으로 결론이 나죠. '이대로 청와대까지 가자'와 '그냥 여기까지만 하자'가 있으면 후자가 선택돼요. 청와대까지 갈 수 없어요. 청와대까지 갔을 때 일어날 수 있는 일에 대한 책임을 가지 않은 분들에게 지게 할 수 없기 때문이에요.

─그렇죠. 하지만 신문에 만화 한 페이지 내는 게 그렇게 과격하거나 폭력적인 일은 아닌 것 같은데요.

─저도 그렇게 생각해요. 그렇기 때문에, 하시고 싶은 분이 있다면 부러 포기하지는 마시라고 이런 말씀을 굳이 드리는 거예요. 이 모임에서 꼭 모두의 의견을 일치시킬 필요가 있을까 싶어서요. 하고 싶은 것이 있다면 다른 분들을 신경 쓰지 말고 하는 게 좋겠어요. 서로의 눈치를 보느라 결국 아무도 아무것도 못하게 되는 것보다는 그게 낫다고 생각해요. 여러 방식의 연대가 나오고 각자 하고 싶은 것을 골라서 하면 되는, 출입도 자유로운, 그런 열린 플랫폼 정도로 이 모임을 생각하면 어떨까 싶어요.

윤이형

—네. 하지만 줄라이 님의 말을 듣는 순간
나와는 다른 선택을 할 사람들을 생각하지
않을 수 없게 되어버렸네요. 이미 우리의 말은
서로에게 영향을 미치게 되어버렸어요.

　　—그래요. 그래도 일단 의견은 들어보죠.
가능한 한 빨리 결정해야 할 것 같아요.

　　투표가 시작되었다. 릴레이 연재에 대한 찬반
의견을 묻는 문항과, 연재에 참여하고 싶다면
이름을 적어달라는 문항, 이렇게 두 문항이었다.

　　다음날 저녁이 되어 결과를 수합해 보니, 첫
번째 문항에는 찬성은 없고 반대에만 두 명이
표를 던졌다. 나머지 사람들은 투표를 포기했다.
두 번째 문항에 이름을 적은 사람은 아무도
없었다. 연재는 없던 일이 되었다.

○

광화문광장에 차 벽이 둘러쳐졌다. 물대포를 실은
버스가 와 있었고, 드론들이 사람들 머리 위를
날아다니며 감시와 채증을 했다. 금방이라도 최루
가스가 살포되고 제복을 입은 경찰들이 시위대를
곤봉으로 두들겨 팰 것 같았다. 시위대는 늦은
밤에 구타당하고 끌려갔다. 무해한 생활인들이
잠자리에 들어 결코 알 수 없을 시간대에.
시위대가 맞았다는 소식이 퍼지자 광장에 모인

사람 수는 좀 더 늘어났지만, 정부가 위기를 느낄
만큼은 아니었다. 굳이 그렇게까지 과격하게
진압할 이유도 없어 보였다. 하지만 과잉 진압은
계속되었고, 사람들은 샐러드를 먹으며 무심한
눈으로 뉴스를 읽은 뒤 건강한 육체를 만들기 위해
헬스클럽에 갔다.

예나는 동영상 뉴스를 틀어놓고 밥을 먹었다.
현실감이 전혀 없었다. 타임머신을 타고 가다
기계 오류로 이상한 시간대, 이상한 장소에
떨어져 내린 것 같았다. 지금껏 한국에서 일어난
시위나 투쟁 현장을 소재로 한 만화들이 얼마나
한결같이 이질적으로 느껴졌는지 예나는 기억했다.
그 작품들의 분위기와 톤, 그 절박하면서도
뜨겁고 비장한 감성이 얼마나 촌스럽고 '구리게'
느껴졌는지를. 예나는 친구들과 이야기하면서 종종
그런 만화들을 냉소하곤 했다. 그런 식의 절박하고
뜨겁고 비장한 기분을 자신이 직접 느낄 일은 없을
거라고 생각했기 때문에 가능한 일이었다. 50년쯤
전으로 시계를 돌려버린 듯한 일들이 눈앞에서
일어나고 있다는 것, 그것을 다 보면서도 정부나
경찰이 아니라 시위대를 불쾌해하는 시민들이 날이
갈수록 늘고 있다는 사실을 예나는 믿을 수 없었다.
사람들은 이런 광경을 현실이 아니라 '촌스럽고
구린' 옛날 만화처럼 감각하는 걸까? 그래서 그런

복합 집회 문화 공간에 찬성하는 걸까? 저기
직접 가 있는 사람들은 결코 그럴 수 없을 거라고
에나는 생각했다.

거기까지 생각하고 나면 줄라이가 떠오르곤
했다. 그 사건 이후 에나는 줄라이의 데뷔작을
찾아 읽었다. 욕하려고 작정을 하고 봐서인지는
몰라도 믿을 수 없을 만큼 재미가 없었다.
그림체도 정말이지 깜짝 놀랄 정도로 별로였다.
에나는 줄라이가 싫었다. 줄라이가 아니었다면
모임은 조금 달라졌을 것이다. 모두가 이렇게
짓뭉개지고 주눅 든 기분을 느끼지 않아도 됐을
것이다. 겨우 요거 그리면서 넌 뭐가 그렇게
잘났니? 나도 너만큼이나 안 유명하지만 너처럼
말을 함부로 하진 않거든? 하지만 그런 생각
끝에는 저 시위 현장에 줄라이가, 줄라이와 함께
모임을 나간 사람들이 있겠지, 하는 생각이
따라붙었다. 그들이 다치면 기분이 죽도록
우울하고 더러울 것 같았다. 에나 자신도 이해할
수 없는 이상하고 모순된 마음이었다.

모임은 소강상태에 접어들었다. 피로를
느꼈는지, 혹은 더 이상 생활에서 손을 놓을 수
없는 상황 때문이었는지 몇 명이 더 죄송합니다,
힘내세요, 라는 말을 남기고 단톡방을 떠났다.
이제 남아 있는 사람들은 서른네 명이었다.

수진은 우리가 함께할 수 있는 일이 또 뭐가
있을까요? 더는 없을까요? 의견 부탁드려요, 하고
여러 번 운을 띄웠지만 의견은 쉽게 나오지 않았다.
처음에는 광장 폐쇄를 막아야 한다는 다급한
마음으로 찾아왔던 사람들이 이제는 모두 자신의
말이 나머지 사람들에게 미칠 파장을 생각하고,
자신이 하고자 하는 일이 모두가 동참할 수 있는
일인지 생각해보느라 침묵을 지키고 있는 것
같았다. 갑갑해. 바보 같아. 누구든, 뭐든, 하나라도
더 하는 게 낫지 않아? 왜 광장을 바라보지 않고
단톡방 안의 다른 사람들만 보고 있어? 예나는
그렇게 생각했다.

하지만 자꾸만 주위를 돌아보게 됐다. 완전히
혼자일 수 없었다. 광장에서도 사람들은 옆 사람을
바라본다. 옆 사람이 무엇을 하는지 지켜보고, 그
사람이 자신만큼 뜨거운 마음이 아니면 실망하고,
그런 실망감을 전해 들으면 상처받는다. 그러면서
서로에게서 무언가를 끊임없이 느끼고 생각한다.
미움에서조차 무언가를 배우기도 한다. 왜
그런지는 알 수 없지만 그렇게 바보 같을 정도로
연약하면서도 복잡하게 서로 연결되어 있는 것이
사람인 것 같았다. 예나가 모르는 사이에, 그들
모임의 단톡방 역시 하나의 광장이 되어 있었다.
겨우 '당신들은 낡았다'는 한마디에 무너져 내리는

윤이형

사람들의 광장. 할 수 있는 일이 너무 없어서,
이러고 있는 게 정말 맞는 걸까, 우리가 뭔가 잘못
생각하고 있는 게 아닐까, 하는 생각이 들기도
하는.

　　예나는 종종 단톡방에 자신이 좋아하는
노래를 띄워 올렸다. 현장과 관련된 최신 뉴스를
공유하고 짧게 분노의 말을 덧붙이기도 했고,
오늘은 날씨가 좋네요! 날씨만 좋네요! 하지만
날씨라도 좋으니 그게 어디야! 하고 썰렁한
인사를 늘어놓기도 했다. 대답으로는 웃는
이모티콘 하나, 고맙습니다, 예나 님도 좋은
하루 되세요, 처럼 짧고 목석같은 문장 정도만
돌아오곤 했지만 서운하다는 생각은 들지
않았다. 자꾸만 말을 걸게 됐다. 침묵이 버겁기
때문도, 모임의 '총대'인 수진이 가엾다는 생각
때문도 아니었다. 그냥, 이 말수 적고 답답하며
구닥다리인 서른세 명의 사람이 이상하게도 더
이상 타인으로 느껴지지 않아서 그랬다.

○

어느 날 저녁 수진에게서 전화가 걸려왔다.

　　—예나 님, 저 지금 모임 사람들하고 같이
있는데, 혹시 나오실 수 있어요?

　　수진의 목소리는 밝았고 조금 들떠 있었다.

맥주를 한잔 걸친 것 같았다.

예나는 수화기를 들고 조금 생각한 다음 천천히 대답을 했다. 거실에서 졸고 있던 엄마를 불러 물어보았다. 엄마의 눈이 동그래지고 입이 벌어졌다.

— 진심이야, 너?

— …응.

— 누군데?

— 친구들. 중요한 일이야.

예나는 수진에게 집 주소를 찍어주었다.

○

— 사실 저는 줄라이 님을 이해해요. 그것도 아주 잘. 저도 비슷한 입장에 서본 적이 있거든요.

수진이 말했다. 수진과 예나와 미라이박, 그리고 크림빛꿈틀달틀곰돌이아빠. 이렇게 네 명이 앉자 거실 테이블은 꽉 찼다. 집으로 누군가를 초대하는 것은 오랜만이었다. 엄마가 과일과 과자가 담긴 접시를 내왔다. 긴 머리에 동그란 안경이 잘 어울리는 미라이박은 은하계의 정치적 분쟁을 소재로 한 최신작의 비정한 톤과는 다르게 매우 귀엽고 사랑스러운 사람이었다. 생활툰을 주로 그리는 크림빛꿈틀달틀곰돌이아빠는 반대로 수줍음을 타는 조용한 성격이었다. 그리고 짧은

윤이형

머리의 수진은, 언니 같았다. 어린 시절부터 예나가 늘 있었으면 하고 꿈꾸었던 언니. 예나의 머리를 땋아주고 아이스크림을 사다 주고, 잊지 마, 너는 재미있는 걸 좋아하는 인간이야, 그렇게 단호하면서도 따뜻하게 말해줄 수 있을 것 같은 사람. 예나는 그게 환상이라는 걸 알았다. 그래서 묵묵히 귀를 기울였다.

　　—만화를 그리기 전엔 글을 잠깐 썼어요. 대학 때엔 노래패에 있었고요. 할 줄 아는 게 뭔가 그리고 쓰고 부르고 하는 것이다 보니, 철거나 파업 현장에 예술로 연대하자는 제안을 종종 받았고, 모임을 만들거나 속해본 적도 여러 번 있었는데요. 그 모임들에선 늘 비슷한 논쟁이 벌어졌어요. 행동 대 예술 논쟁.

　　—음?

　　—직접 현장으로 달려가서, 최전방에서, 익명의 벽돌 하나가 되어 몸으로 밀려오는 파도를 막자는 쪽이 있어요. 그리고 전방이 아닌 곳에서, 대중을 상대로, 인식을 바꾸고 분위기를 띄우면서 간접적인 방식으로 파도의 파괴력과 저항의 필요성에 관해 알리자는 쪽이 있어요. 우리는 예술을 하는 사람들이고 가장 잘할 수 있는 것도 예술 활동이니까 그것으로 연대를 해야 한다는 쪽이죠. 전자는 행동력이, 후자는 대중

동원력이 필요하죠. 그리고 하는 일도 없이 명성만 취하고 성과를 가져가려 한다는 말을 듣는 건 항상 후자예요. 이름, 영향력, 그런 게 중요하니까요.

수진은 잠시 쉬었다가 말을 이었다.

— 저는 언제나 몸으로 연대하자는 쪽이었어요. 그리던 그림을, 쓰던 글을 잠깐 놓더라도 발로 뛰어 현장에 가서 몸싸움을 하는 게 맞다고 생각했어요. 바로 눈앞에서 용역들이 집기를 부수고 경찰이 몰려오고 있는데, 내 글이 프로파간다가 되면 어떻게 하지, 어떻게 그림을 그려야 사람들에게 더 잘 기억될까, 하고 고민하는 선배들을 이해할 수 없었어요. 엘리트주의에 찌든 한가한 사람들. 그렇게 혀를 찼어요. 그들은 어떻게든 사람들을 설득해서 함께 후방에서 새로운 실천 예술이라는 걸 하고 싶어 했는데, 저는 그들의 생각이 나약한 예술 지상주의로만 보였고, 그 지난한 이견 조율 과정이 너무 길고 답답하게 느껴졌어요. 그래서 항상 사람들을 데리고 모임을 깨고 나가는 쪽이었죠.

수진은 콜라를 한 모금 마셨다. 술이 깼는지, 불그레하던 얼굴이 조금 하얘져 있었다.

— 그렇게 현장으로 가면서, 저와 저를 따라 나온 후배들이 선배들보다 훨씬 우월하다고 생각했어요. 우리는 저 사람들과 다르다고, 행동을

하는 우리가 진짜라고 생각했어요. 실제로 현장에 가보면 몸으로 할 수 있는 일이 생각만큼 많지 않았는데도요. 글과 그림과 노래가 그 다급한 현장에서 지극히 초라해 보이는 것만큼이나 우리가 몸으로 할 수 있는 행동도 실은 아주 작고 초라한 것이었는데도요. 그걸 느끼고, 알면서도 모른 척했어요. 계속 우월감을 느끼며 행동했고, 사람들의 마음에 상처를 냈어요.

마음이 무거워졌다. 타인의 엄숙한 자기반성을 들으면 예나는 본능적으로 경계하게 됐다. 칭찬받기 위해 습관적으로 반성을 하는 사람들도 있었다. 당신은 괜찮은 인간이에요, 라는 말을 들으려고 미안하다는 말을 반복하는 사람들도 있었다. 제가 더 세심하지 못해서 죄송해요, 예나 님. 미안해요, 예나 님. 예나 님 같은 분도 계신데 제가 너무 징징거렸죠. 멀쩡하게 채팅을 하다가도 사람들은 버릇처럼 예나에게 미안해하며 자신의 게으른 정상성을 채찍으로 때렸다. 그러면서 그 채찍 자국에 입김을 불어달라고, 자신의 반성을 너그럽게 칭찬해달라고 강요했다.

하지만 말하는 사람이 수진이었기 때문에 예나는 주의 깊게 들었다. 수진의 말들이 천천히 퍼져나가며 예나의 몸 곳곳을 따끔거리게 했다.

— 그런데… 시간이 갈수록 의구심이

생겼어요. 저의 그 한결같은 믿음에. 저는 젊었고,
윗세대 사람들과는 다른 사람이 되고 싶었어요.
집회에 참석하면서도 사실 그 집회가 열리게 된
원인과 싸우기보다는 낡고 구태의연해 보이는
선배들과 싸우고 있을 때가 더 많았던 것 같아요.
구별되는 것, 단지 그것뿐이었던 것 같아! 그런
생각이 들자 제가 한심하게 느껴졌어요. 더 이상
자신을 믿을 수도 없었고요. 그래서, 이 모임을
만들 때는 조금 다르게 해보자고 생각했어요. 쉽게
뛰쳐나가지 말자고. 쉽게 나만이 옳다고 믿지
말자고. 사람들 한 명 한 명의 의견을 경청하고,
조율이라는 걸 해보고 싶었어요. 가장 좋은 방식이
무엇인지 찾고 싶었어요. 내가 그토록 경멸했던
선배들이 정말로 경멸할 만한 사람들이었는지…
알고 싶었어요. 선배들이 하지 못했던 것을 하고
싶었고요. 그런데, 잘 모르겠네요.

　　수진이 어깨를 으쓱하며 쓸쓸해하는 표정을
지었다.

　　—선배들 마음은 이제 조금 알게 됐는데요.
잊고 있었나 봐요, 저 역시 나이를 먹는다는 걸.
그동안 시간이 흐르고, 저 역시 낡고 관성적인
사람이 되어버린 것 같기도 하고요. 새로운 연대를
만들고 싶었는데, 이 모임 역시 그저 우리만의
기분에 취한, 연대를 위한 연대가 되어버린 것

같아요.

　— 그렇지 않아요. 다만 같이 할 무언가를 찾지 못했을 뿐이에요.

　크림빛꿈틀달틀곰돌이아빠가 말했다.

　— 저 역시 줄라이 님의 생각을 조금은 이해해요. 하고 싶은 게 다르다면 차라리 빨리 헤어져서 각자의 길을 가는 게 좋다는 생각도 들었거든요. 하지만… 더 큰 무언가, 혼자서는 할 수 없는 무언가를 함께하고 싶다는 욕망이 있다는 건 잘못이 아닌 것 같아요. 우리는 각자 광장에 나갔지만, 그것만으로는 충분하지 않았잖아요.

　미라이박이 말했다. 이어지는 그들의 대화에서, 예나는 수진을 비롯한 모임의 여러 사람이 실은 오래전부터 각자, 혹은 소규모로 모여서, 광화문광장 집회에 참석해왔으나 단톡방에는 알리지 않았다는 사실을 알게 되었다. 그러니까 줄라이로부터 비판을 듣던 날도, 그 전날도, 그다음 날도, 수진은 광화문에 있었던 모양이었다. 사람들이 한 명 두 명씩 모임을 나가고, 그들이 각자 전화를 걸어와 불만과 하소연과 실망감과 서운한 마음을 털어놓았을 때도, 이렇게 해서는 안 된다, 저렇게 해라, 그렇게 끝도 없는 타박을 듣고, 그에 대한 의견을 내놓았으나 무시당했을 때도, 말없이 나가버린 사람들에게 전화를 걸어 다시 그들을 설득하고, 미안하지만 안 되겠다는 말을 들으면서도, 수진은 매일같이 광장에 나가고 있었다.

— 왜 말하지 않았어요? 말했더라면, 다들 최소한 수진 님이 얼마나 힘든지는 알았을 테고, 조금 더 적극적으로 협조했을 텐데요.

예나가 물었다. 수진은 조금 생각하고 대답했다.

— 사람들에게 무엇도 강요하고 싶지 않았어요. 죄책감을 느끼게 하고 싶지 않았어요. 제가 오랜 시간 동안 누군가에게 죄책감을 느끼게 했기 때문에.

— 진짜 바보 같네요!

예나는 저도 모르게 말해버렸다. 세 사람이 웃음을 터뜨렸다. 죄책감은 느끼는 사람의 몫이에요, 힘든 건 잘못이 아니에요, 예나는 속으로 중얼거렸다. 수진이 말했다.

— 예나 님, 항상 고마웠는데 제가 말을 못 했어요. 사람들의 침묵이 많이 힘들었는데, 예나 님이 자꾸 단톡방에 말을 걸어주셔서 힘이 났어요. 사실 광장에 같이 가지 않겠느냐고 여러 번 묻고 싶었는데, 예나 님을 잘 몰라서 개인적으로 연락하지 못했어요. 오늘에서야 전화를 했어요. 왠지 남 같지 않고, 목소리가 듣고 싶었거든요. 너무 늦게 연락했네요. 진작 할걸.

윤이형

— 어휴… 그러게요. 잘하셨어요!

예나가 목소리를 높였다. 넷이 함께 웃었다.

웃음이 가라앉길 기다려 예나는 하고 싶던
말을 했다. 말들이 입에서 저절로 흘러나왔다.

병원 의료진과 가족, 활동 보조인 여성분이
아닌 다른 사람을 만나는 것은 아주 오랜만의
일이라고 말했다. 친구들과 놀러 갔다가 뜻밖의
사고를 당하고, 하반신을 쓸 수 없게 되고, 몇 년이
지나갔다고. 그리고 몇 년이 더 지나, 다시 만화를
그리려고 스케치북을 펼치던 날 이야기를 했다.
그날은 비가 왔는데 열어둔 창문으로 빗줄기가
들이쳐 스케치북에 자국이 생겼다고. 팔에도
빗방울이 닿았는데 아주 차가웠다고.

— 오래 쉰 것치고는 다행하게도 일은 조금씩
들어왔지만 전에 알던 사람들과는 연락이 거의
끊겼고, 새로 알게 된 사람들과는 대화를 했지만
직접 만날 수 있을 것 같다는 마음은 들지
않았어요. 사고 이후를 만화로 그리고 싶다는
생각도 오래전부터 했지만, '감동적'이라는 말을
듣고 싶지 않아서 매번 화만 내다 그만뒀어요.

두 다리로 걷는 주인공이 나오는 자신의
만화에 대해 느끼는 양가적인 감정에 대해서도
말했다. 지금의 광장도, 그 자리에 새로 생긴다는
팬시한 공간도 휠체어를 타고 가기에 쉽지 않다는

점에서는 마찬가지일 거라는 얘기도 했다.

— 하지만 지금 이 순간에도 누군가는 저를
대신해 거기서 싸우고 있을 거잖아요. 저보다
거동이 불편한데도 종종 광장에 나가는 분들도
계시고요. 인터넷이라는 공간이 있지만 거기
휠체어를 탔거나 발달장애가 있는 사람들의 몸은
거의 나오지 않잖아요. 카페 규모의 작은 공간들로
광장을 잘게 쪼개고, 장애인 인권에 대해서는 닫힌
공간에서만 말할 수 있게 된다면, 비장애인들은
아마 우리를 보고 들을 기회가 더 적어지겠죠. 보기
싫은 몸, 듣기 불편한 말들은 점점 더 구석으로
몰리고 갇혀서 작아지다가 치워질 거예요. 하나의
광장이 변하면 다른 광장들도 비슷하게 변해가지
않을까요. 예쁘고 비싸고 세련된 공간에 접근할 수
없는 사람들은 아무리 목소리를 높여도 주목받을
수 없을 거예요.

엄마가 이쪽을 보고 있어서 예나는 얼굴이
뜨거워졌다. 진지한 얘기는 어쩐지 부끄럽고,
자신답지 않게 느껴졌다. 하지만 지금은 하고 싶은
말들이 더 있었다.

— 저는… 만화를 그리고 싶어요. 지금 이
상황에 관한 나의 생각을, 아무리 낡아 보이더라도
크고 열린 광장이 있어야 하는 이유를 만화로
이야기하고 싶어요. 예술이 뭔지, 행동이 뭔지,

뭐가 더 진정한지, 그런 건 잘 모르겠어요. 하지만
지금 제가 세상과 연결되는 유일한 방법은
만화예요. 여러 사람의 도움을 받고 용기를 내도
지금 저는 물대포가 사람들을 겨냥하고 있는
광장에는 가기 힘들지만, 만화로는 거기 갈 수
있고 그곳의 이야기를 가져올 수도 있는데, 왜 제
만화는 행동이 될 수 없나요? 사람들의 마음을
걱정하고, 하고 싶은 말과 해야 하는 말 사이에서
밤새 고민하고, 보이지 않는 곳에서 혼자 여러
역할을 떠맡고, 그런 수진 님의 노력은 왜 싸움이
될 수 없죠? 수진 님의 전화를 받으면서 저는
기뻤어요. 제가 혼자가 아니어서요. 집으로
오라고 하고 싶은 사람들이 생겨서요.

　　그 얘기를 모두에게 해달라고
크림빛꿈틀달틀곰돌이아빠가 말했다. 미라이박이
고개를 끄덕였다. 수진이 혼잣말처럼 중얼거렸다.
갑자기 배가 고프네. 왜지.

　　— 할 수 있는 일이 생겨서 그럴 거예요.
　　미라이박이 말했다.

　　— 라면 끓여줄까요?

　　예나 엄마가 목을 고르며 물었다. 네! 모두가
입을 모아 외쳤다. 물이 끓는 동안 예나 엄마는
우리 때는 말이에요… 하고 이야기를 시작했다.
가만히 듣다가 예나는 깜짝 놀라 소리쳤다.

— 엄마, 운동권이었어?

— 아니.

젊은 시절 다니던 회사에서 노조 활동을 잠깐
했을 뿐이라고 엄마는 말했다.

— 그런데 왜 그런 애기 한 번도 안 했어?

— 그런 거 막 눈물 흘리면서 떠벌리고 자랑하는
거 싫어서. 촌스럽잖냐.

하지만 엄마의 얼굴에는 그때껏 예나가 한
번도 본 적 없는 무언가가 담겨 있었다. 그건 어쩔
수 없이 조금 촌스러웠지만 절대적으로 엄마에게
속해 있는, 누구도 빼앗거나 폄훼하거나 망가뜨릴
수 없는, 부드러운 그리움으로도, 강렬한 생기로도
보이는 어떤 감정이었다.

○

사이트 하나를 마련하기로 했다. 거기에 각자의
만화를 한 페이지씩 올리고, 닉은 적지 않기로
했다. 어차피 그림체를 보면 누군지 드러날 수
있겠지만, 경력이나 지명도의 차이 같은 것과
관계없이 평등한 익명의 연대가 아무리 실현되기
힘들더라도, 줄라이의 비판이 의미 없지 않았고,
그 말이 생각에 작은 변화를 일으켰다는 사실에는
모임 사람 모두가 공감했기 때문이었다. 모임
계정을 만들고 거기에 업데이트를 하고 각자의

SNS로 공유하되, 구구절절 설명은 덧붙이지 말고, 언론 인터뷰에도 응하지 않기로 원칙을 정했다. 사이트에는 광장 폐쇄를 주제로 한 만화를 더 모으고 있으니 그려 보내 달라는 문구를 넣기로 했다. 모임을 떠난 사람들에게도 다시 연락을 해서 참여를 독려하자는 말이 나왔고, 그동안 고생한 수진을 뺀 모두가 각자 연락처가 있는 사람에게 전화를 걸었다. 세 명이 참여 의사를 밝혀왔고, 다시 생각을 해보겠다는 사람이 일고여덟 명쯤 됐다. 줄라이는 연락을 받지 않았기에 메일로 의견을 대신 전달했다.

광장에 같이 가자는 이야기도 나왔다. 어차피 남아 있는 모임 사람 대부분이 각자 나가고 있다는 걸 아는데, 더 이상 서로를 배려하느라 골머리를 앓지 말고, 미안해하지도 말고, 나갈 수 있는 사람은 나가고, 나갈 수 없는 사람은 산뜻하게 다른 사람들을 응원하자는 이야기를 한 것은 예나였다. 어린아이를 키우고 있어서 거동이 자유롭지 않은 작가들이 세 명 있었는데, 그들 모두 예나의 말에 공감을 표해주었다.

예나의 만화를 선두로 서른 명이 조금 넘는 만화가가 릴레이 연재를 시작했다. 새로운 만화가 올라오면, 광장으로 가는 사람들이 그것을 프린트해 들고 가서 사람들에게 나눠주었다.

어디선가 본 그림체인데 누구 작품인지는 알 수
없는 만화를 받아든 사람들이 구호를 외치는
중간중간에 그것을 읽었다. 무관심해하거나 버리는
사람들도 있었지만, 몇몇 사람들은 고개를 숙인 채
웃기도 했고, 휴대폰을 꺼내 만화 하단에 인쇄된
사이트 주소에 접속해보기도 했다.

　단톡방에 들어온 뒤로 단 한마디도 하지 않던
황 화백이 어느 날 갑자기 말을 하는 바람에 모두가
놀랐다.

　— 저는 만화로 참여하지 않고 다른 것으로
참여하고 싶네요. 아시겠지만 제가 얼마 전부터
주먹밥 프랜차이즈를 하고 있어서, 현장에 조금
보내고 싶습니다. 실은 노안이 오고 손이 떨려서
만화를 그릴 수 없게 된 지 좀 됐는데… 그런데도
만화가라는 직함으로 여기저기 얼굴을 내미는 일이
어쩐지 떳떳지 않았어요. 그러니 제가 할 수 있고,
하고 싶은 일을 떳떳하게 하겠습니다. 이 방에서
많이 배웠어요. 고맙습니다, 여러분.

　갑자기 분위기가 또 숙연해지려던 참에 예나가
인사를 건넸다.

　— 고맙습니다, 황 작가님!

　그러자 모두가 따라 했다. 이틀 후 귀여운
상자에 담긴 엄청난 양의 주먹밥 세트가
배송되어왔다. 공룡, 바둑이, 판다, 토끼, 고양이,

햄스터, 그리고 황 화백의 대표작 「너희들은 잘
모르겠지만 내가 좀 대단해」의 주인공 황대단의
얼굴 모양으로 된 주먹밥이었다.

　　예나는 광장에 간 사람들과 연락을 주고받는
틈틈이 사이트를 열어 사람들의 반응을 체크했다.
자신의 만화가 있는 페이지도 습관처럼
열어보았다. 상처받지 않으려고 사랑받고 싶은
마음을 마비시키는 일이 예나는 지겨웠다.
그 방어기제가 자신을 갉아먹는 소리가 듣기
싫었다. 하지만 이번 만화는 아낌없이, 숨김없이
사랑받았으면 했다. 한 명에게라도 더 가 닿기를
바랐다.

　　예나는 아무래도 숙연한 것은 견딜 수 없었다.
그래서 평소대로 퉁명스럽고 틱틱거리고 코드가
이상한 개그를 구사하는 보라색 머리칼의
소녀가 나오는 만화를 그렸다. 그건 언제나처럼
예나였고, 단지 이번에는 휠체어를 타고 있다는
작은 차이만 있었다.

　　공사가 강행된다고 예고된 날까지는 2주일이
남아 있었다. 시대착오적이고 전체주의적인 폭력
시위는 이제 완전히 뿌리를 뽑아야 한다는 논평이
또다시 나왔다. 시위대를 비난하는 글이 끝도
없이 올라오고 있었다.

　　그들은 계속 싸움을 이어갔다.

자신의 만화에 달린 익명의 하트들을 보다가 예나는 문득 줄라이를 떠올렸다. 그녀가 무사하길 바랐다.

윤이형

김혜진 광장

김혜진

2012년 동아일보신춘문예에 당선되어 작품 활동을
시작했다. 소설집 『어비』, 장편소설 『딸에 대하여』,
『중앙역』 등이 있다.

우리는 그 집에서 2년 8개월을 살았다.

한 층에 한 가구씩 네 가구가 사는 4층짜리 빌라였고 우리가 살던 집은 3층이었다. 48.2제곱미터. 크기가 비슷한 방 두 개 사이에 주방 겸 거실이 있고 화장실이 있었다. 지하철역에서 걸어서 15분, 마을버스를 타면 네 정거장 거리였다. 경찰서를 지나면서부터는 오르막이 시작되었으므로 비가 오거나 눈이 오거나 몹시 무더운 날에는 시간이 조금 더 걸리는 편이었다.

여름에는 밤낮으로 출입문을 활짝 열어놓고 가게 앞에 모여 앉은 사람들 덕분에 지루하거나 위험하지 않았다. 문제는 겨울이었다. 낮은 짧아지고 밤은 계속 길어져서 오르막을 오르다가 문득 고개를 들면 꼭대기에서 어둠이 곧장 덮쳐오는 게 실감 날 정도였다. 집이 가까워질수록 주변은 점점 더 어두워지고 골목 초입이나 전신주마다 센서등이니 보안등이니 반사경이니 하는 것들이 있었지만 안심이 되지는 않았다.

그렇다고 해서 우리가 내내 불안에 떨며 살았던 것은 아니다. 더위나 추위, 어둠 같은 것들이 한번 고이고 나면 좀처럼 빠져나가지 않는 그곳에 익숙해지기까지 예상보다 긴 시간이

필요했을 뿐 딱히 무섭다거나 두렵다는 생각은
해본 적이 없다.

우리가 살기 전 그 집엔 세 사람이 살았다.
할머니와 딸, 그리고 그 딸이 낳은 딸. 처음 집을
보러 갔을 땐 할머니가 손녀를 돌보는 중이었다.

저기, 보여요? 저 앞에 공사장. 지금은 공사가
멈췄는데 저기 광장이 들어와요. 원래 주차장 있던
곳인데, 마트가 생긴다느니 쇼핑몰을 올린다느니
말만 많았지. 근데 저 땅을 작년인가 시에서
샀다네. 앞으론 시에서 책임지고 한대요. 그러니
믿을 만하지. 그렇잖아요.

할머니(사실 할머니라고 하기엔 지나치게
젊어 보였다.)는 소파에 누운 두세 살짜리 아이를
향해 고개를 까딱까딱하며 말했다. 아이는 목을
제대로 가누지 못했다. 누운 채로 우리 쪽을
바라보다가도 한쪽으로 고개가 젖혀지면 두 눈의
초점이 비스듬하게 어긋났고 어디를 보는지 알 수
없게 되었다. 아이는 칭얼거리다 말고 울먹이다가
말고 결국 울음을 터트렸다. 너와 나, 중개인과
할머니까지. 네 사람이 거실 창에 붙어 서서 밖을
내다보고 있을 때였다.

봐요. 아니, 여기 와서 한번 보라니까. 전망
좋죠? 우리도 이 집 와서 좋은 일 많았어. 쟤가 돌
지날 때까지 저렇게 혼자 누워 있지도 못했어요.

지금은 그런 게 어딨어. 저만한 것도 고맙지. 쟤 병원만 가까우면 우리도 당장 이사할 이유가 없어요. 하루 이틀도 아니고 병원 왔다 갔다 하는 게 너무 힘들어서 그래.

어머, 그러시구나. 사실 이만한 집 찾기 어렵죠. 두 분 사시긴 딱이지 안 그래요? 운동 삼아 걸으면 체육 센터도 금방이고, 저 아래 시장도 있고, 좀 더 걸어가면 먹을 데도 많아. 광장 생기면 살기 더 괜찮아지지. 요 너머에도 공원 들어오고 얼마나 좋아졌는데요.

아이의 울음소리를 이기려는 듯 할머니의 목소리는 점점 커졌고 나중엔 중개인과 소리를 지르다시피 대화를 나누고 있었다. 거실 창은 크고 넓었다. 앞을 가로막은 건물이 없어서 바깥이 그대로 내다보였다. 가파른 경사로를 따라 고만고만한 높이의 건물들이 비슷비슷한 빛깔과 분위기를 머금고 오밀조밀 동네를 이룬 모습은 소박해 보였고, 또 정겨워 보이기도 했지만 전망이라고 이름 붙일 정도는 아니었다.

광장 부지는 오르막이 잠깐 멈추는 곳에 있었다.

숨가쁘게 이어지던 직선 경사로에 누군가 칼집을 넣고 편편한 공간을 만들어놓은 것 같았다. 그러나 광장을 만든다고 하기엔 터무니없이 협소했고, 녹이 슬고 구부러진 공사 가림막에서는 공사 재개의 아주 작은 기미도 발견할 수 없었다.

그럼에도 우리는 그날 계약금을 걸었고 3주 뒤 이사하기로 했다. 하루라도 빨리 이사를 하고 싶다는 할머니의 요청 때문이었고 꽤 쫓기는 일정이었는데도 너는 흔쾌히 그러겠다고 했다. 내 의사는 반영되지 않은 결과였다.

너무 급하지 않아?

그 집에서 나와 내리막길을 내려갈 때 내가 물었다.

어차피 이사할 거잖아. 조금 빨리 한다고 생각하자. 집도 그만하면 깨끗하고. 전망도 좋고, 광장 생기면 더 좋아질 거야.

중개인이 알려준 지름길은 해가 거의 들지 않는 응달이었다. 폭이 좁고 아찔하게 높은 계단이 나타날 때마다 발끝에 힘을 주고 걸어야 했다.

진짜 그렇게 생각해?

내가 묻고 네가 답했다.

마을버스도 다니고, 지하철역도 가깝고.

솔직히 그렇게 가까운 건 아니다.

너는 경찰서 앞에 이르러서야 나를 달래듯 부드럽게 말했다.

여름에 광장 가서 맥주 마시자. 산책도 하고.

낮잠도 자고, 책도 읽고. 체육 센터 가서 헬스도 하고. 뭐든 하자.

나는 그러자고 답했다.

광장이라는 말에 설득된 듯 굴고 있었지만 대안이 없다는 걸 모르지 않았다. 지도를 켜놓고 살고 싶은 동네를 고르고, 구체적인 전세, 월세를 확인하다 보면 정말 살고 싶은 곳으로부터 동심원처럼 계속 밀려나게 된다는 것도 모르지 않았다. 두 사람이 쾌적하게 살 집을 구하기엔 가진 돈이 턱없이 부족하고 그래서 집에서 필요한 모든 것을 가능한 한 집밖에서 구하고 얻으려는 네 마음도 모르지 않았다.

우리는 6월 5일에 이사했다.

현충일을 앞둔 목요일이었고, 목, 금, 토, 일, 내리 나흘을 쉴 수 있었다. 내 짐을 실은 트럭이 오전에 왔고 정오가 지나서 네 짐을 실은 트럭이 도착했다. 짐을 빼곡하게 실은 트럭이 좁고 가팔라지는 길을 한참 올라와야 했으므로 트럭 조수석에서 내리는 네 얼굴에는 나와 비슷한 피로와 곤두선 기색이 역력했다.

좋은 일 많이 있을 거예요.

그날 처음 본 할머니의 딸은 도어락 비밀번호를 알려주며 그렇게 인사했다. 나는 그 말을 네게 꼭 전할 생각이었다. 그러고 싶었고 그러려고 했다. 그러나 세 식구의 짐이 빠진 집은 휑하다고 느껴질 만큼 허전했고 이사업체 사람들 틈에서 자잘한 짐들을 나르는 동안엔 잠깐씩 그 생각을 잊었다. 네가 가져온 서랍장과 철제 행거는 도대체 이렇게 클 필요가 있나 싶을 정도여서 마땅히 둘 곳이 없었고, 내가 가져온 벤치 의자와 커피머신도 알맞다 싶은 자리를 찾기 어려웠다. 용도와 쓸모에 맞게, 보기에 좋고 쓰기도 좋게. 공간의 낭비가 없도록 물건을 배치하는 데에 점점 더 골몰하게 됐고 이사가 끝날 무렵에는 그 생각을 완전히 잊어버린 게 틀림없었다.

광장 공사는 가을이 시작될 즈음 재개됐다. 그것이 이사 후 우리에게 처음으로 일어난 좋은 일이었다. 어느 날 아침 나가보니 거실 창 너머로 공사 가림막을 조금 더 높게 설치하는 사람들이 보였다.

이제 되나 보다!

너는 전기 포트에 물을 끓이다가 냉장고에서 오이나 파프리카 같은 것을 꺼내다가 쪼그리고 앉아 쓰레기봉투의 매듭을 묶다가 생각난 듯 창밖을 내다보곤 했다. 그럴 때면 우리 집 앞마당에서 진행 중인 공사를 지켜보는 사람처럼 골똘했고 심각했고 또 얼마간 벅찬 얼굴이 되었다. 그러면 나도 조금은 들뜬 기분으로 그곳을

김혜진

내려다보곤 했다.

하지만 우리가 시도 때도 없이 창에 붙어서서 그곳을 감시하듯 지켜본 건 아니었다. 우리는 그 광장의 존재를 자주 잊었다. 거의 잊고 산다고 해도 좋았다. 둘 중 하나가 창 너머에서 공사 중인 광장을 발견하면 몹시 궁금했던 사람들처럼 나란히 서서 그곳을 내다보았지만 광장은 있으면 좋고 또 없어도 괜찮은 어떤 것이었다.

다만 내가 궁금했던 건 네 상상 속에 있는 광장의 모습이었다. 가을이 지나고 겨울이 오는 동안 나는 네 머릿속에 있는 광장의 모습을 구체적으로 떠올리고 내가 상상한 그것과 맞춰보고 겹쳐놓고 비슷하게 일치시키는 데 대부분의 시간을 할애했다.

위치가 좀 생뚱맞지 않아?

내가 물으면 네가 답했다.

외국엔 언덕 위에 있는 광장 많아.

저긴 너무 좁잖아.

크면 뭘해. 시끄럽고 붐비기나 하지. 그냥 커피 마시고 이야기하고 산책할 정도면 돼. 다른 건 필요 없어. 진짜 그래.

너는 오래전 네가 갔었던 외국의 광장들을 말해주기도 했다. 그때의 날씨와 분위기, 조도와 소음 같은 세부를 구체적으로 전해줄 때도 있었다.

대학을 졸업하고 몇 달씩 길게 여행을 하며 남은 20대를 보냈다고 네가 말한 적이 있었다. 가본 곳이 너무 많았기 때문에 건물이나 도로의 이름은 정확하게 기억하면서도 막상 국가명을 말할 땐 늘 주저하는 표정이 되었다. 관광이나 휴양이 아니라 여행이었다는 것에 자부심이 있었고, 그런 여행을 통해 삶에 대해 소박하고 단순한 태도를 갖게 되었다고 했지만 듣다 보면 그건 여행이 아니고 고된 훈련이나 극기 체험처럼 느껴졌다. 그래서 단 한 번도 부럽다거나 좋겠다거나 하는 누구나 할 법한 그런 말을 해본 적이 없었다.

그럼에도 나는 그곳에 너와 있게 될 거라고 생각했다.

창가에 서면 바로 내다보이는 저 광장에서. 다가올 봄과 여름, 가을과 겨울을 함께 보게 될 거라고 믿었다. 시간이 더 지나면 이곳보다는 조금 더 넓고 환한 집에서 그때 우리가 그 광장이 완성되는 과정을 지켜보았다고, 추억하게 되는 날이 올 거라고 여겼다. 아직 우리에게 과거라고 할 만한 게 없던 때였다. 우리가 가진 것이라곤 과거도, 현재도 아니고 오로지 미래뿐이어서 오지 않은 시간에 대해서라면 무엇이든 확신할 자신이 있었다.

그해 겨울에 너는 이직했다.

김혜진

그것이 우리에게 일어난 두 번째 좋은
일이었다. 네가 정말 원했던 회사는 아니었고,
위치니 연봉이니 하는 조건들도 조금씩 더
불리해지는 듯했지만 너는 이만하면 괜찮다고
했고 만족한다고 했다. 크리스마스를 한 주
앞둔 토요일. 우리는 꽤 멀리까지 나가서 저녁을
먹었다. 보름 전에 예약을 해야 하는 꽤 유명한
식당이었다. 도착했을 때 식당은 만원이었다.
직원은 화장실 바로 앞 테이블로 우리를
안내했다. 메뉴판은 한참 뒤에 가져다주었고,
음식은 그보다 더 오래 기다려야 했다.

나는 치즈와 올리브, 얇게 저민 돼지고기와
기름에 튀긴 새우를 조금씩만 집어 먹으며 네
이야기를 들었다. 음식은 겨우 허기를 모면할
정도로 양이 적었고 터무니없이 큰 접시들이
테이블을 점령하다시피 하고 있었지만, 네 얼굴에
잠깐씩 떠올랐다가 사라지는 어떤 기대나 설렘의
흔적들을 발견하는 게 즐거웠다. 네 목소리는
조금씩 더 커졌고, 표정이나 동작도 선명해지고
풍부해졌다.

연말 지나면 우리도 어디 갔다 올까?
네가 말하면 내가 답했다.
어디로?
왜 그때 우리가 봤던 숙소 있잖아. 특가로

나왔던 호텔. 그게 몇 평쯤 되지? 우리도 그런 넓은
데 가서 자자. 하룻밤 자고 오자.

내가 앉은 쪽에서 화장실 출입문이 바로 보였다.
부주의하게 문을 열어두고 가는 사람들 탓에 몇
차례 일어나서 직접 문을 닫아야 했다. 그러고
나자 그 문이 몹시 신경 쓰이기 시작했다. 제대로
문을 닫는지, 닫지 않는지. 화장실을 들락거리는
사람들을 쳐다보느라 자꾸만 네 말을 놓치게
되었다.

뭐라고 했어?

내가 물으면 너는 내쪽으로 몸을 조금 더
기울이고 목소리를 조금 더 키웠다.

아까 봤던 소파 말이야.

시간이 조금 더 지나자 화장실 앞에 사람들이
길게 줄을 서기 시작했다. 노크하는 소리가
커졌고, 사람들의 말소리가 선명해졌다. 고개를
돌릴 때마다 벽에 등을 기대고 선 사람들과 눈이
마주쳤다. 그런 식으로 우리가 마주 앉은 테이블이
그곳을 오가는 사람들에게 고스란히 노출되고
있었다.

왜 철물점 가기 전 골목 앞에 누가 내놓은 소파
있었잖아. 연두색. 가는 길에 가져갈까. 쓸 만하지
않을까.

너는 계속 말했다. 우리 대화를 모두에게

들려주고 싶은 사람처럼 굴고 있었기 때문에 점점
더 곤두서는 쪽은 나였다. 결국 내가 네 말을 끊고
직원을 불렀다.

예약이 다 차 있어서요. 자리 변경은 힘드세요.

우리를 안내했던 직원은 기계처럼 같은 말을
반복하다가 카운터 여자를 데려왔다. 여자는 조금
더 상냥했고 친절했지만 자리를 바꿔줄 의사가
없음을 분명히 했다. 멀지 않은 곳에 빈 테이블이
뻔히 보이는데도, 계산을 마치고 식당을 나가는
사람들이 있는데도 그랬다. 여자는 내가 아니라
내내 네 쪽을 바라보며 말했고, 더 말하지 말라는
듯 고개를 까닥하고 그대로 자리를 뜨려고 했다.

여기 한 번 앉아 보시겠어요?

결국 내가 의자를 밀어내고 자리에서
일어났다. 최대한 소리가 나지 않게, 이목을 끌지
않게. 주의를 기울였지만 그즈음에 이르러서는
조심스럽게 우리를 따라다니던 사람들의 눈빛이
노골적으로 우리 쪽을 향해 있었다.

여기서 화장실 안이 다 보이거든요. 사람들도
계속 지나다니고요. 제가 이 주 전에 예약했는데
이건 아닌 것 같아요. 옮겨주세요.

나는 거듭 요청했다.

너의 눈빛에서 만류하는 듯한 기색이
느껴졌지만 그만두고 싶지 않았다. 자리를 바꿔줄

때까지. 적어도 화장실 문이 닫히는지 안 닫히는지 보느라 벼르고 별러서 온 저녁 식사가 이렇게 망쳐지고 있는 것에 대해 사과를 받을 때까지는 계속 서 있을 작정이었다.

저희가 원래 여기까지 테이블을 두지 않는데, 연말이라 죄송합니다.

한참 만에 주방에서 앞치마를 멘 남자가 나왔다. 남자는 젖은 손을 앞치마에 여러 번 닦고 접시를 집어 들었다. 아주 조금씩만 집어 먹느라 제때 먹지 못한 음식들이 반 이상 남아 있었다. 아마도 네가 끼어들지 않았다면 자리를 옮길 수 있었을 것이다. 직원들에게 제대로 된 사과를 받고, 밖이 내다보이는 창가 자리에서 와인이나 맥주 한 잔을 기분 좋게 마실 수 있었을지도 모른다.

괜찮아요. 저희 다 먹었어요.

그리고 네가 말했다. 어쩔 줄 모르겠다는 표정으로 나와 직원들을 올려다보다가 불쑥 그 말을 하고 나서는 의자 등받이에 걸어둔 코트를 챙겨 입고 목도리를 두른 뒤 한 번 더 말했다.

어차피 다 먹었잖아. 가자. 저희 갈게요. 괜찮아요. 진짜요.

네가 지나치게 서두르는 탓에 나도 급하게 코트를 챙겨 입고 너를 따라 나왔다.

왜 그래? 자리 바꿔준다잖아.

김혜진

너는 속이 안 좋다느니, 머리가 아프다느니, 엉뚱한 말을 늘어놓다가 어느 순간부터 입을 다물고 걷기만 했다. 나는 말 없는 네 뒷모습을 보며 걸었다. 열이 오른 얼굴은 금세 식었다. 허기가 느껴졌고 그러자 볼에 와닿는 바람이 믿을 수 없을 정도로 차가웠다.

형식적으로라도 우리를 붙잡지 않던 주인에 대한 괘씸함, 보란 듯 신속하게 테이블을 치우던 직원들에 대한 불쾌함. 나를 유별난 사람으로 만들어 버린 너에 대한 짜증, 모두를 곤란하게 만들었다는 자책과 귀한 시간을 망쳐버렸다는 후회 따위의 감정들은 집이 가까워져 올 무렵에 잦아들었다.

그냥 좋은 게 좋잖아. 우리만 있는 것도 아닌데, 미안하기도 해서.

나란히 누워 잠이 들 무렵에야 너는 그렇게 말했다.

좋은 게 좋다니. 누구에게 좋다는 걸까. 뭐가 미안하다는 걸까. 그런 걸 따져 묻진 않았다. 그게 뭐든 네 의도가 선하다는 것을 모르지 않기 때문이었다. 너는 누구에게도 싫은 소리를 못하는 사람이고, 그래서 불편과 손해를 감수하는 사람이고, 그건 나쁜 사람이 아니라는 의미이기도 하니까.

우리가 미안할 일은 아니야.

나는 그렇게만 말했다. 원하는 테이블에 앉아
주문한 음식을 먹고 대화를 나누고 만족스러운
저녁 시간을 보낼 자격이 우리에게도 있다고.
우리도 그만한 값을 치렀다고. 나는 당연한
요구를 했을 뿐이라고. 때론 요구하고 주장해야만
주어지는 것들이 있고, 그건 미안해야 할 일이
아니고 해야만 하는 일이라는 말은 하지 못했다.

토요일 밤이어서 배달 오토바이들이 오가는
소리가 요란했다. 전조등 빛이 창을 훑고 갈 때마다
방 안의 풍경이 잠깐씩 드러났다. 벽지 위에 남은
얼룩과 못이 뽑힌 자리, 비뚜름하게 걸린 달력,
제대로 닫히지 않는 방문과 그 틈 너머 보이는
잡동사니 것들이 환해졌다가 어두워졌다.

네 책장이 창문 일부를 가로막은 탓에 방은
늘 좁고 갑갑하게 느껴졌다. 내가 가져온 대형
스탠드와 벤치 의자는 칠이 벗겨진 네 서랍장
옆에서 볼품없어졌고, 매트리스를 뒤덮다시피 한
담요는 보풀이 일어 지저분했다. 초침 소리가 큰
벽시계도, 스피커 위에 올려둔 화장품도, 문고리에
걸어둔 파우치와 핸드백도, 어수선하고 산만해
보이긴 마찬가지였다.

그 집에서 제자리를 찾은 물건이나 가구는
하나도 없었다. 모든 게 있어야 할 곳이 아닌 곳에

김혜진

있는 것 같았고, 1년이 넘도록 이렇게 안정감이
없는 건 그 탓일까 하는 생각이 들었다. 무엇보다
그렇게 좁은 집에서도 내가 가져온 물건과 네가
가져온 물건들이 보이지 않는 경계를 이루며
너무나 뚜렷하게 구분되었으므로 속이 상했다.
그러면 잠든 너를 깨우고, 불을 켜고, 소란을 떨며
어떻게든 무엇이든 옮기고 바꾸고 싶은 충동이
일었다. 그러나 날이 밝으면 그런대로 괜찮아
보였고 익숙해지겠거니 했다.

　이듬해 겨울은 몹시 추웠다.

　영하 17도까지 기온이 내려간 어느 날
아침에는 건물 전체의 수도가 얼어버렸다.

　물이 하나도 안 나오는데요.

　여러 번 시도한 끝에 통화가 된 집주인은
날씨가 너무 추워서 그런가 보다 했고,
기다려보라고 했지만 다음날이 되자 한겨울에
생각 없이 물을 꼭 잠그고 다녀서 수도가 언
게 아니냐며 이 일의 원인을 은근히 우리의
부주의함으로 몰았다. 놀라운 일도 아니었다.

　하루가 더 지나자 버티기가 어려웠다. 체육
센터에 헬스 등록을 하자고 제안한 건 나였다.
샤워실을 이용할 수 있을 거라는 생각에서였다.
그러나 30분을 걸어 도착한 체육 센터 입구는
유치권 행사 중이라고 적힌 현수막에 가로막혀

있었다. 무단출입 시 처벌을 각오하라는
경고문보다 섬뜩했던 건 오래 방치된 듯한 주변
외관이었다.

시장 골목에 있는 목욕탕도 별다를 게 없었다.
어두침침한 불빛 아래 드러난 타일은 모두 어딘가
금이 가고 깨져 있었다. 세 개뿐인 욕탕은 지나치게
깊었고, 뿌옇게 때가 낀 거울 앞에 구부정하게
앉은 사람들에게서도 활기나 생기 같은 것을
찾아보기 힘들었다. 가장 견딜 수 없었던 건
냄새였다. 가느다랗게 떠다니던 냄새의 정체가
비린내라는 걸 알고 나서는 냄새가 걷잡을 수 없이
또렷해져서 나중엔 거대한 악취 한가운데 앉아
있는 기분이었다.

결국 물이 나오지 않는 일주일간 우리는
버스로 여섯 정거장 거리에 있는 찜질방을 오갔다.
샤워실과 수면실을 갖춘 곳이었지만 첫날 새벽,
목 놓아 우는 누군가 때문에 잠을 설친 뒤로는
그곳에서 밤을 보낼 엄두를 내지 못했다.

다른 데 가볼까? 저기 사거리 넘어가면 목욕탕
또 하나 있다는데.

네가 말하면 나는 괜찮다고 했다.

여섯 정거장, 일곱 정거장, 여덟, 아홉 정거장을
간다고 해도 이 동네에서 번져 나오는 어떤 기운을
완전히 벗어나긴 어려울 거였다. 택시를 타고 한

김혜진

시간씩, 두 시간씩 달리면 모를까. 이 동네를
모르던 때로 되돌아가면 모를까. 너와 함께
이곳에 사는 동안엔 내가 감수해야 할 문제라고
여겼고 그럴 각오가 되어 있다고 생각했다.

찜질방에서 돌아오는 길에 광장 조감도를 본
적이 있다.

공사 가림막에 부착된 조감도는 손바닥 두 개
크기였다. 조감도를 감싼 아크릴판이 거울처럼
빛을 반사했기 때문에 소매가 길고 품이 큰 네
점퍼로 그늘을 만들고나서야 광장의 이름을 읽을
수 있었다.

팔복광장.

나는 촌스러운 이름이라고 생각했다. 오래된
터미널 근처 식당이나 전통 과자 이름에나 붙일
법한 이름 같았고 그런 곳에서조차 저런 이름은
붙이지 않을 거라는 생각이 들었다. 너는 팔복,
팔복 중얼거리다가 이렇게 말했다.

진짜 너무 잘 지었다.

시민이니 중앙이니, 별빛이니 달빛이니. 그런
흔한 이름보다는 기억하기도 좋고 개성도 있다는
거였다.

그런가.

나는 그렇게 대답하고 말았다. 너는 조금 더
말했다. 분수나 계단, 야외무대 같은 불필요한

것이 하나도 없고 나무와 벤치뿐인 공간이라
마음에 든다고. 생각했던 것과 다르지 않아서
다행이라고 말이다.

나 같으면 결코 저런 이름을 짓지 않았을 거라는
말은 하지 못했다.

가림막과 가림막 사이 좁은 틈으로 본 것이
여전히 헐벗은 공터뿐이라는 것도. 이런 곳에
우리가 상상하는 광장이 들어올 리 없다는 말도.
들어온다고 해도 이곳을 포위하듯 감싸고 있는
낡고 우중충한 건물들이, 건물들을 잇는 가파르고
울퉁불퉁한 길들이, 그 길에 고인 감정과 기운 같은
것들이 이곳을 가만히 내버려두지 않을 거라는
이야기도 하지 못했다.

광장은 한 해 뒤 9월에 완공됐다. 그게 우리에게
일어난 세 번째 좋은 일이었다. 낮에는 덥지만
저녁에 되면 제법 선선한 바람이 불었다.

한번 가자. 구경 가자. 주말엔 꼭 가자. 다음
주엔 꼭 가자.

그런 대화를 장난처럼 주고받았지만 그즈음에는
너도 나도 시간을 내기가 어려웠다. 어렵게 시간을
맞춰놓으면 비가 오거나 급한 일이 생기는 식으로
약속을 미뤄야 하는 이유가 생기곤 했다.

10월 마지막 주가 되어서야 우리는 그곳에 갔다.
토요일이었고 흐린 날씨였다. 야외에서 맥주를

김혜진

마시기엔 쌀쌀한 편이었지만 너는 기어코 캔 맥주 두 개와 과자 한 봉지를 샀다. 입구는 주택가 사잇길에 있었다. 주차된 차들 탓에 우리가 몇 번이나 그대로 지나친 곳이었다. 내팽개치듯 길옆에 버려진 조감도를 찾아내지 못했다면 얼마나 그곳을 더 헤매고 다녔을지 몰랐다.

들어가도 되는 건가?

내가 입구에 서서 우물쭈물하는 동안 너는 앞장서서 걸었다. 맥주와 과자가 담긴 봉지를 한 손에 들고 씩씩하게 걷다가 한 번씩 돌아보며 나를 재촉했다. 오가는 사람이 하나도 없는 탓에 바람 소리가 유난히 크게 들렸다.

빨리 와. 빨리.

네 얼굴은 아이처럼 신이 나 보였고, 잠깐씩 무표정한 얼굴로 바뀌었고, 꾸물거리는 아이를 채근하는 어른처럼 보였다가, 오래전부터 이곳에 있던 어떤 정물처럼 느껴지기도 했다. 나는 돌아볼 때마다 조금씩 달라지고 낯설어지는 네 얼굴을 보며 걸었다.

진입로는 좁았고 약간 경사가 있어서 앞이 바로 내다보이지 않았다. 오르막을 다 올라가자 편편한 공간이 한눈에 들어왔다. 전체적인 형태는 원이 아니고 사각에 가까웠다. 안쪽이 조금 더 넓은 사다리꼴이었는데 그 탓에 안정감을 느끼기

어려웠다. 어디를 둘러봐도 광장이라고 할 만한
풍경은 찾아낼 수 없었다.

아무도 없잖아. 그만 가자.

내가 말하면 네가 답했다.

괜찮다니까. 빨리 와.

나무를 심느라 파헤쳐진 땅은 질퍽거렸고 대충
심어진 나무들은 한쪽으로 기울어져서 위태로워
보였다. 거대한 쓰레기더미처럼 한쪽에 방치된
공사 폐기물도, 여기저기 쌓아놓은 벤치 의자들도,
바닥재가 깔리지 않아 흙과 돌멩이가 고스란히
노출된 길도 위험해 보이긴 마찬가지였다.
무엇보다 신경 쓰였던 건 광장 안쪽에 있는
컨테이너였다. 현수막 같은 것이 컨테이너를 친친
동여매듯 하고 있었는데 글씨가 얼룩처럼 번져
있어서 알아볼 수가 없었다.

그러니까 그곳은 그냥 공터에 가까웠다. 아무런
높이감도, 존재감도 가지지 못한, 그 동네에서
유일하게 아래로 푹 꺼진 공간에 불과했다. 누구나
내려다볼 수 있고, 어디서나 내려다보이는 버려진
공간에 불과했다.

너는 광장이 바로 내다보이는 벤치에 자리를
잡았다. 그런 뒤엔 맥주를 꺼냈고 내가 말릴 새도
없이 캔을 땄다. 거품이 솟구쳤다. 너는 혀를
내밀어 거품을 핥아먹으며 웃었다.

김혜진

날씨가 맑으면 좋았을걸.

너는 과자를 하나씩 집어 먹으며 잠깐씩
하늘을 올려다봤다. 멀리 어둑어둑한 구름이
몰려오고 있었다. 정오를 겨우 넘겼을 뿐인데도
저녁처럼 날이 어두웠다. 바람이 불면 눈이
따갑도록 흙먼지가 날렸고, 페트병이나 플라스틱
같은 것들이 굴러다니는 소리가 요란했다.

너는 개의치 않는 듯 보였다. 고개를 젖혀
맥주를 마시고 과자를 한 움큼씩 집어 먹으며
나와 눈이 마주치면 장난기 어린 표정을 지었고
스마트폰으로 나지막하게 음악을 틀었다.

공사가 덜 끝났나 보네. 그래도 겨울 전엔
끝나겠지. 봄에는 괜찮겠다.

네가 말하면 나는 기계적으로 고개만
끄덕였다. 맥주는 한기가 일 정도로 차가웠고 눈
앞에 펼쳐진 불길하고 이상한 기운 탓에 신경이
곤두섰다. 고개를 들면 무너지고 내려앉는 세계
한가운데 앉아 있는 기분이 들었고 그만 집으로
돌아가자는 말이 금방이라도 튀어나올 것 같았다.

이봐요! 어이, 거기!

그리고 누군가 우리를 부르는 소리가 들렸다.
경비복을 입은 남자였다.

여기 어떻게 들어왔어요? 뭐 하는 거예요?
여기서?

남자는 신호봉으로 허공을 쿡쿡 찌르며
다가왔다. 네가 먼저 몸을 일으켰고 캔이
쓰러지면서 남은 맥주가 내 운동화 위로 쏟아졌다.

그냥 구경 왔는데요.

대답은 내가 했다.

구경? 무슨 구경? 여기 구경할 게 뭐가 있어?

나는 맥주 캔과 과자 봉지를 챙기며 남자를
똑바로 바라봤다.

여기 광장이요.

남자는 주변을 둘러보며 물었다.

여기가 어딜 봐서 광장이요? 누가 그래요?
광장이라고. 여기 땅 팔린 지가 언젠데 아직도
광장이니 뭐니 그런 헛소리를 해. 지난번에 온 그
사람들 아니요? 고양이 밥 준다고 들락날락했던
양반들. 아니, 그렇게 주고 싶으면 자기 집 앞에
주든가, 왜 여기 와서 난리인지 모르겠네.

내가 남은 맥주 캔을 들고 완전히 몸을
일으키기도 전에 남자는 주먹만 한 비닐 뭉치
하나를 내 발 옆에 내던졌다.

오늘도 내가 이런 걸 몇 개나 치웠는지 알아요?
뒤처리는 하나도 할 줄 모르는 양반들이 무슨
동물을 돌본다느니. 핑계가 좋지. 내가 이것 때문에
종일 얼마나 고생하는 줄 알아요?

남자가 한 발로 봉지를 짓이기자 비닐이

터지면서 역한 냄새가 올라왔다. 부패한 사료에
하얗게 구더기들이 달라붙어 있었다. 나는 거의
중심을 잃을 뻔하며 그것들을 피해 섰다. 한
걸음씩 물러설 때마다 젖은 운동화에서 물기가
새어 나왔다.

남자는 이곳은 개인 소유의 땅이고 곧 조합
사무실이 들어올 예정이라고 했다. 이 일대가
재개발이 된다는 거였다. 1년이 걸릴지, 10년이
걸릴지 알 수 없지만 어쨌든 되긴 될 거라고
말하는 남자의 목소리는 확신에 차 있었고 한 번
더 무단출입을 할 경우에는 가만있지 않을 거라며
으름장을 놓았다.

몰랐어요. 죄송합니다. 죄송해요.

너는 공손하게 대꾸했다.

얼른 나가요. 나가요. 알 만한 사람들이
말이지. 남의 땅에 허락도 없이 들어와서 말이야.

남자는 손을 휘휘 내저으며 우리를 채근했다.

네가 앞서 걷고 내가 뒤따라 걸었다. 남자는
우리 뒤를 바짝 뒤쫓아왔다. 그 사람이 우리를
길고양이 내몰 듯하고 있었으므로 몹시 기분이
상했다. 아니, 신발에 진흙더미가 달라붙는 줄도
모르고 쫓기듯 걷고 있는 네 모습이 말할 수 없이
낯설어서 당혹스러웠다. 난처하고 서글픈 마음이
들다가 입구가 보일 때 즈음엔 내 눈 앞에 펼쳐진

광경들이 너무나 뚜렷하게 보였다. 모든 게 너무 명백하고 확실해서 돌이킬 수 없는 기분이 들었다.

우리가 그곳을 나온 뒤에도 남자는 입구에 서서 계속 우리를 지켜봤다. 나는 남자에게 되돌아가서 말했다. 이곳이 사유지라면 그걸 알 수 있을 만한 현수막 하나 정도는 걸어두는 성의를 보이라고. 입구에 아직 조감도가 남아 있고, 누구라도 그걸 보면 이곳을 광장으로 오해할 수 있다고. 우리는 오늘 이곳에 처음 왔으며 여기서 한 건 겨우 싸구려 캔맥주 하나씩을 나눠 먹은 게 전부라고. 그것 말고는 하고 싶은 것도, 할 수 있는 것도 없었다고 말이다.

남자가 뭐라고 했는지는 기억나지 않는다. 내가 남자와 마주 서서 언성을 높이는 동안 뒤따라온 네가 어떤 표정을 짓고 있었는지도 떠오르지 않는다.

그만 가자. 그냥 가자.

여느 때처럼 어쩔 줄 모르는 얼굴로, 돌이킬 수 없는 잘못이라도 저지른 사람처럼, 상대방에게 불필요한 사과를 반복하고 있었는지도 모른다. 누구의 기분도 상하지 않을 만한 말을 필사적으로 찾으면서 계속 침묵을 지키고 있었는지도 모른다. 아니, 어떻게든 나를 만류하면서 그 상황을 모면하려고 했는지도 모른다.

김혜진

너와 지내는 동안 나는 우리가 상상하는
광장의 모습이 어느 정도 일치를 이루었다고
생각했다. 아니, 서로가 원하는 광장의 모습을
서로 잘 알고 있다고 여겼다. 그래서 우리 사이에
놓인 까마득한 차이와 간격 같은 것들을 전력을
다해 줄여나가고 있다고, 줄여나갈 수 있을
거라고 믿었다.

그즈음엔 도무지 어디에 두어야 할지 몰라
이리저리 옮기던 대형 스탠드를 거실 창 앞에
세웠고, 기다란 벤치 의자를 화분 선반으로
썼다. 못 자국이 선명한 벽면에 커다란 거울을
달았고 밝은 톤으로 화장실 문을 새로 칠했다.
거실 한 가운데 내가 주문한 원목 식탁이 놓였고,
서랍장을 치운 자리에 등받이가 낮은 3인용
소파를 두었다.

함께 고른 물건들이 하나씩 늘었고, 각자의
취향과 소유가 분명하게 드러났던 물건들의
경계도 흐릿해졌다. 이런저런 시행착오를 겪으며
가구와 물건들이 적당한 자리를 찾고, 조금씩
달라지는 모습을 마주하는 건 다행스러운
일이었다. 그건 시간이 필요한 일이었고 그래서
미더운 변화였다.

너와 헤어진 후 나는 그 집에서 한 달을 더
머물렀다.

각자 살 집을 구하고 이사를 준비하면서도 우리는 말다툼 한 번 벌인 적이 없었다. 너는 내가 하는 말을 들었고 기다렸다는 듯 수긍했으며 거부감 없이 받아들였다.

네가 좋으면 그렇게 해. 난 괜찮아. 상관없어.

가구와 물건들을 다시 나누고, 함께 산 물건들의 소유를 가릴 때에도 마찬가지였다. 너는 내 의견을 먼저 물었고 뭐든 내가 좋은 대로 하라고 했다. 말하자면 너의 그런 태도가 모든 것을 돌이킬 수 없는 쪽으로 이끌었다. 멀리서 보면 나무랄 데 없이 착하고 순종적인 모습이었지만 내겐 한없이 무책임하고 비겁하고 나약하게 느껴졌다.

그런 네 모습이 내내 나를 두렵게 했다는 이야기는 끝내 하지 못했다.

네 짐을 실어 갈 트럭은 이른 아침에 왔다. 1톤 트럭에 실린 짐은 단출하고 가벼워 보였다. 대부분의 짐을 네가 가져가지 않기로 했기 때문이었다. 나를 위해서였겠지만 그건 내가 원한 일은 아니었다. 너는 필요하면 언제든 연락하라고 했고 나는 고개를 끄덕이고 곧장 집으로 들어왔다. 그런 후엔 거실 창 앞에 서서 파란 트럭이 느린 속도로 골목을 내려가는 모습을 지켜보았다. 트럭은 건물들 사이로 잠깐씩 보였다가 말다가 했고 이내 보이지 않게 되었다.

김혜진

그곳에 홀로 남은 한 달간 나는 취향과 소유가
불분명해진 물건들의 경계를 다시 세우려고
애썼다. 내 것도 네 것도 될 수 없는 물건들은 내다
버렸다. 이런저런 물건들을 매일 조금씩 내다
버릴 때마다 한 번 뒤섞인 것들은 결코 이전처럼
구분되지 않는다는 사실을 실감해야 했다.

그거 버리는 거예요?

어느 날 밤 3인용 소파를 끌고 계단을 다
내려왔을 때 빌라 입구를 지나던 누군가 물었다.
그렇다고 하자 그 사람은 왜 멀쩡한 소파를
버리느냐고 물었다.

아직 새거네.

나는 크기에 비해 터무니없이 가벼운 그
소파를 세로로 세워 전봇대 안쪽으로 밀어
넣었다. 그 사람은 내가 소파 귀퉁이에 폐기물
스티커를 붙이고 있는 데도 소파 이곳저곳을
살피며 이해할 수 없다는 표정을 지었다.

새거 아니에요. 보세요. 스프링 다 꺼졌잖아요.
냄새도 심해요. 저도 이 동네에서 주운 거예요.

그건 언젠가 골목에 버려진 것을 주워온
것이었다. 네가 제안한 일이었고 그 소파를 쓰는
동안엔 아무런 불만이 없었다. 그러나 전봇대
사이에 놓인 그것은 누추하고 더러워서 도대체
누가 얼마나 어떻게 사용했는지도 모를 저런

소파를 무슨 생각으로 가져온 걸까 의문이 들
정도였다.

몇 시간 후에 보니 소파는 사라지고 없었다.
내가 버린 것들은 늘 그런 식으로 사라졌다. 언젠간
집 앞에 버려둔 스탠드를 주워가는 사람을 만난
적도 있다. 그건 네가 가져온 것이었고 어느 날
전구가 터진 뒤로는 완전히 망가져버린 것이었다.

그 동네에 관한 뉴스를 본 건 몇 년이 더
지난 뒤였다. 재개발이 여러 차례 무산되고 다시
재개되면서 사람들은 악에 받친 듯 보였다.
플래카드 같은 것을 들고 구청 앞에 모여 앉은
사람들의 얼굴은 고단해 보였고 또 얼마간 기대에
차 보였으며 기다림에 단련될 대로 단련된 것처럼
보였다. 그 순간엔 다 잊었다고 생각한 어떤
장면들이 떠오르기도 했다.

끝까지 남는 건 그 동네에 광장이 들어올 리
없다는 확신이었고, 그 시절 그 광장에 관해서라면
내 생각이 틀리지 않았다는 안도였다.

그리고 이제 나는 매일 광장을 가로질러
출근하고 퇴근한다.

30년이 넘은 노후한 아파트 단지를
리모델링하면서 지하철역 가까운 곳에 조그마한
시민 광장을 조성한 게 2년 전이고, 광장 주변으로
널찍하게 공원이 만들어진 게 지난봄이다. 집에서

나와 광장까지 걸어오다 보면 반듯한 도로를
따라 깨끗하게 구획된 상가를 볼 수 있고 낮은
담벼락을 따라 하교하는 아이들의 모습도
마주하게 된다. 통행로를 따라 반듯하게 놓인
벤치들의 간격은 적당하고 비둘기가 스스로
살아갈 수 있도록 모이를 주지 말라는 알록달록한
알림판에서는 그것을 읽는 사람들에 대한 배려와
존중을 느낄 수 있다.

그러나 늦은 밤 고요하고 적막한 광장을
걸어갈 때나 비가 오고 눈이 오고 돌풍이 부는
텅 빈 광장의 모습을 목격할 때면 불현듯 이런
생각에 휩싸이기도 한다.

이게 내가 상상한 광장의 모습인가. 내가
기다린 광장의 풍경인가.

그러니까 너와 함께 본 그 조감도 속의
팔복광장이 완공되었더라면. 그것이 너와 내
상상 속에 있던 어떤 미래를 정확하게 실현할
수 있었더라면. 우리는 그 광장에서 어떤 봄을
맞았을까. 어떤 오후를 목격했을까. 그중엔
우리를 결코 떼어놓을 수 없는 결정적인 순간
같은 게 있지 않았을까. 어쩌면 그 기억들이 너와
나를 더 힘껏 끌어안을 수 있지 않았을까.

그러나 네가 아닌 다른 사람과 광장이 한눈에
들어오는 말끔한 벤치에 나란히 앉아 내일은,

모레는, 내년은, 하는 식으로 구체적인 시기를 세우고 현실적인 목표를 잡고, 그에 걸맞은 노력을 하고, 이 사람이 기다리는 미래가 내가 기다리는 그것과 닮아 있구나, 비슷하구나, 깨닫게 될 때면 그 시절 너라는 사람에 대해 얼마간 포기하고 체념하는 심정이 된다.

그러니까 너라는 사람과 보냈던 시간은 결코 다다를 수 없던 그 광장을 기다렸던 시간만으로 충분했다고 말이다. 우리가 볼 수 없었고 확인할 수 없었던 광장이라는 신기루 같은 미래가 우리가 나눌 수 있는 전부였다고 말이다.

실은 그것이 우리에게 일어난 가장 좋은 일이었다고 말이다.

김혜진

이장욱
2005년 문학수첩작가상을 받으며 작품 활동을 시작했다.
소설집『기린이 아닌 모든 것』,『고백의 제왕』, 장편소설
『천국보다 낯선』,『칼로의 유쾌한 악마들』등이 있다.

1

코끼리였어요.

고개를 들자 제 눈에 보인 것은.

거대한 발을 들어 유유히 하늘을 걸어가는.

어, 그거 광고 아녜요? 대도시 하늘을 코끼리가
초원인 것처럼 걸어가잖아요. 무슨 은행 광고
아니었나? 맥주 광고였나?

아니, 광고 아녜요. 코끼리라니까요. 코끼리가
아니라 코뿔소여도 좋고 하마여도 좋지만 광고
아녜요. 코끼리는 코를 들어 물을 뿜죠. 하늘을
천천히 걸어가면서.

그렇구나. 코끼리가 하늘을 천천히
걸어가는구나. 물을 뿜는구나. 저도 그런 거
좋아해요. 구름이란 내가 보고 싶은 것을
보여주니까.

보고 싶은 것만 보는 게 무슨 의미가 있겠어요.
꿈도 아니고.

그런가요. 그렇군요. 구름이란.

코끼리라니까요. 커다란 발로 하늘을 밟으며
유유히 걷는 코끼리.

그녀는 그렇게 말하고 입을 다물었다.

김수도 입을 다물었다.

아메리카노 잔을 내려놓고 김수는 창밖을
물끄러미 바라보았다. 2층 카페여서 광장이

내려다보였다. 오후의 광장을 사람들이 메우고
있었다. 대개는 피켓과 깃발을 들고 천천히
걷고 있었는데, 아마도 시위를 하는 모양이었다.
참가자들은 대개 나이가 많아 보였다.

　　김수가 바라보고 있는 광장의 공식 명칭은
N광장으로 이 도시의 이름을 붙인 것이었다.
하지만 사람들은 대개 분수대광장이라고 부르거나
민주광장이라고 불렀다. 분수대광장이라는 건 광장
한가운데 분수대가 있기 때문이고 민주광장이라는
건 10여 년 전 전횡을 일삼던 전임 시장을 시민들이
몰아낸 일을 기념하는 이름이었다. 광장은 N시의
한복판에 자리 잡고 있는데 시청이나 법원도
이곳에 있고 N시의 유일한 멀티플렉스 영화관과
유명 백화점도 이곳에 있었다.

　　김수는 자리에서 일어나고 싶었다. 그녀의
말을 충분히 이해할 수 없어서였다. 그녀는
시인이었는데 정말 김수가 가진 시인에 관한
고정관념과 너무 똑같아서 놀라는 중이었다.
어쩌면 여자는 김수의 상상이 잠깐 육체를 얻어서
지금 김수와 커피를 마시고 있는 것인지도 몰랐다.

　　그리고 그건 사실이었다. 김수의 앞에는 아무도
앉아 있지 않았다. 방금 김수는 구름을 바라보다가
저건 코끼리구나 하고 중얼거렸는데 그럴 때 그는
이 모든 것을 상상 속의 상대가 하는 얘기라고

생각하는 버릇이 있었다. 방금 코끼리니 코뿔소니 하는 얘기도 시인인 누군가와의 대화를 상상한 것이었다.

　김수는 사회학을 전공해서 석사과정까지 밟고 있었지만 전혀 사회적인 인간이 아니었다. 그는 어린 시절부터 거리라든가 광장이라든가 놀이공원 같은 곳보다는 방과 창문과 옥상을 더 좋아했다. 사람을 만나는 일보다는 사람을 구경하는 일이 좋았고 그보다는 사람에 관해 상상하는 일이 더 좋았다. 가령 광장에 면한 2층 카페에 앉아서 창밖을 바라보는 일, 그러다가 고개를 들어 구름 위를 유유히 걸어가는 코끼리를 바라보는 일, 또는 코끼리가 코를 들어 물을 뿜어요 하늘을 천천히 걸어가면서…라고 말하는 누군가를 떠올리는 일 같은.

　그래도 김수가 준비 중인 석사 논문은 광장에 관한 것이었다. 고대 그리스의 아고라와 로마의 포럼에서 시작해 이슬람의 술탄 아흐메드 광장, 프랑스 혁명의 발생지였던 바스티유 광장, 러시아 혁명의 열기를 간직한 궁전 광장을 거쳐 중국 천안문 광장에 이르기까지 그의 논문은 광장의 정치학이라 할 만한 내용을 담고 있었다.

　네가 광장을 연구한다니 개가 웃겠다.

　친구들은 ― 친구라고 해야 한둘밖에

없지만 ─ 김수를 놀렸다. 김수는 그런 말을
들을 때마다 별다른 반응 없이 희미한 미소를
지을 뿐이었는데 실제로 김수는 자신이 광장을
연구한다는 건 마치 가을하늘을 코끼리가 유유히
걸어가는 것만큼이나 이상한 일이라고 생각했다.
하지만 또 김수는 이탈리아 토리노의 카를로
알베르토 광장에서 철학자 니체가 발작을 일으킨
것에는 무언가 의미가 있다고 생각하고 있었다.
그곳이 바로 광장이었기 때문에 니체는 발작을
일으킨 것이다. 김수는 그렇게 확신하고 있었지만
그게 사실이라고 해서 달라지는 건 아무것도
없었다. 이 모든 건 하늘을 유유히 걸어가는
코끼리와 비슷한지도 몰라. 하지만 코끼리는 힘이
세지. 김수는 중얼거렸다.

　창밖의 시위대는 광장을 가로질러 시청 쪽으로
향하고 있었다. 광장에서는 매일이다시피 시위가
열렸는데 요즘에는 공항 이전을 반대하는 쪽과
공항 이전을 요구하는 쪽이 번갈아가며 시위를
벌이고 있었다. 지금은 공항 이전 반대파의 시위인
모양이었다.

　김수는 시위대의 맨 뒤쪽에서 걷고 있는 사람을
물끄러미 바라보았다. 그 사람은 완연한 노인으로
흰 머리에 몸피가 왜소해 보였다. 피켓을 든 채
구호를 외치고 있는 다른 사람들과는 달리 노인은

엉뚱하게도 식물을 손에 들고 있었다. 식물이라고 한 것은, 그게 꽃은 아니었고, 뭔가 초록 잎이 매달린 작은 나무처럼 보였기 때문인데, 노인은 두 손으로 그 식물을 어색하지만 소중하게 든 채 걷고 있었다.

작은 식물은 카카오톡.

김수의 머릿속에 그런 문장이 떠올랐다. 김수는 이상하고 엉뚱한 문장이라고 생각했지만 왜 그런 문장이 떠올랐는지 이내 깨닫고는 휴대전화를 꺼내 들었다. 카톡방에 사진 한 장이 올라와 있었다. 법원 판결문을 찍은 사진이었다. 올린 사람은 '프라자맨션 입주민 대표'라고 되어 있었다.

[법원 판결 나왔습니다. 승소했습니다. 이제 해당 토지를 어떻게 사용할지 논의해봅시다. 일단 주차장으로 쓰려고 하는데 화단 철거 비용은 광장맨션 측에서 부담할 것이니 걱정하지 마십시오.]

김수는 카톡창을 닫고 다시 광장을 바라보았다.

법원. 판결. 승소. 토지. 승소. 법원.

김수는 이 모든 어휘가 저 광장에 잘 어울린다고 생각했으며 광장에 가장 어울리지 않는 것은 자기 자신이라고 생각했다. 그래도

김수는 사회학과 대학원생이었고 광장의 역사에
관해 연구하고 있었으며 앞으로도 주제를 바꿀
생각이 전혀 없었다.

2

명은 맨 뒤에서 시위대를 따라 걷다가 문득
멈추어 섰다. 누군가 자신을 바라보고 있는
듯한 느낌 때문이었다. 명은 멈추어 서서 주위를
둘러보았지만 왜 그런 느낌이 들었는지는 알 수
없었다. 광장에는 사람들이 많았고 사람들은 열을
지어 한쪽 방향으로 걷고 있었으며 그걸 구경하는
사람들은 여기저기 흩어져 있었다. 명이 손에 들고
있는 제라늄 포트에서 흙이 떨어졌다. 명은 바닥에
떨어진 흙을 바라보다가 문득 몸을 뒤로 돌려
시위대와는 반대편 방향으로 걷기 시작했다.
　명이 시위대를 따라 걸었던 것은 시위대의
구호에 동의해서는 아니었다. 부동산 하는 김
노인이 나와 보라고 권유해서 구경을 왔을
뿐이었다. 사실 공항이 이전하거나 이전하지
않거나 명의 삶에는 별다른 영향이 없었다.
어제는 공항을 이전해야 한다는 사람들이 시위에
나오고 오늘은 공항을 이전하지 말아야 한다는
사람들이 시위에 나왔을 뿐이다. 명은 자기 이익을
위해 뭔가를 주장하는 사람들을 예전부터 많이

보아왔고 그들이 대개는 스스로 대단한 신념이
있다고 착각한다는 것을 알고 있었다. 명은
그런 사람들을 만나면 물끄러미 바라보기를
좋아했는데 그들의 표정에서 무언가 재미있는
게 느껴졌기 때문이었다. 하지만 정확하게 뭐가
재미있는지는 알 수 없었는데, 사람의 생각이란
그 사람이 어떤 이들을 알고 지내는지 어디서
누구에게 무슨 얘기를 많이 듣는지에 따라
결정된다고 명은 확신하고 있었다. 이런 얘기를
하면 연우는 할아버지, 그건 좀 아닌 것 같아요,
그건 아무래도 문제가 많은 생각이에요…라고
대놓고 뭐라 했는데, 명은 무슨 문제가 많으냐고
손녀딸에게 되묻지는 않았다. 사람의 생각은
자기도 모르게 비에 젖는 옷과 같다. 명은 그렇게
생각할 따름이었다.

　광장은 그리 크지 않았지만 가운데 분수대까지
갖추고 있어 석양이 드리우는 시간이 되면
고즈넉해지곤 했다. 명은 이곳에 올 때마다
제법 아름다운 광장이군… 이라고 생각했지만
'아름답다'는 말이 머리에 떠오른 것은 좀
이상한데, 나는 평소에 그런 단어를 써본 적이
없는데…라는 생각이 이어서 들고는 했다. 그래도
광장은 아름다웠다.

　조금 어두침침한 느낌이 들어 하늘을

올려다보았지만 비는 내리지 않았다. 단지 커다란 고구마 하나가 유유히 하늘을 떠가고 있을 뿐이었다. 하늘의 고구마는 고구마가 확실했으며 그것도 껍질을 벗겨놓은 잘 익은 고구마가 틀림없었다. 멀리 동북쪽 하늘에서 서남 방향으로 이동하는 고구마를 바라보며 명은 천천히 분수대를 향해 걸었다. 광장 중앙의 분수대를 지나면 영화관이 나오고 영화관 뒤로 한 블록만 더 가면 명이 살고 있는 광장맨션이 나올 것이었다. 광장맨션은 촌스러운 이름만큼이나 오래되고 낡은 건물이었는데 어쩌면 그래서 마음에 들었는지도 모른다고 명은 생각하고 있었다. 이 맨션처럼 천천히 자신이 낡아가고 있다고 느끼고 있었을지도 몰랐다.

명은 여든이 다 되도록 누군가를 해코지해본 적이 없었다. 법 없이도 살 사람이라는 말을 듣고 살아왔지만 그때마다 명은 말도 안 된다고 손사래를 쳤다. 사람은 다 거기서 거기다. 착해봐야 고만고만하고 악해봐야 부처님 손바닥 안이다. 명은 그렇게 생각하고 있었지만 이런 얘기를 하면 부동산 김 노인은 또 말도 안 되는 얘기를 한다며 지청구를 놓았다. 자기가 평생 사람을 대하는 직업을 갖고 살았기 때문에 어떤 사람이 착한 사람인지 어떤 사람이 나쁜 사람인지 잘 안다는 것이었다. 예를 들면… 하고 김 노인이 사례를

이장욱

나열하기 시작하면 끝이 없었는데 결론은 늘 같았다. 나쁜 사람은 딱! 보면 안다는 것이었다. 그러면 명은 딱… 보면 안다는 말이지…라고 김 노인의 말을 반복하고는 어쩐지 침울해지는 것이었다.

명과 부동산 김 노인은 바둑과 장기의 맞수일 뿐 아니라 언쟁에서도 호적수였지만 작년부터는 그런 일이 줄어들었다. 자신의 의견보다 김 노인의 의견이 대체로 맞다는 것을 수긍했기 때문만은 아니었다. 명에게 대장암이 재발해서 이제 여생이 얼마 남지 않은 탓이었다. 의사는 항암 치료를 권했지만 명은 이것으로 됐다고 말했다. 이제 곧 여든이다. 처음도 아니고 병이 다시 도져 전이까지 된 것에는 이유가 있을 것이다. 아픈 것은 무섭지만 죽는 것은 두렵지 않다. 가만히 사라지면 되는 것이다. 명은 그렇게 생각하고 있었다.

명은 평생 이렇다 할 것 없이 소소한 노동만을 해왔으며 그 노동도 이제 힘에 부친다고 느낀 지 오래였다. 젊었을 때는 서울에 올라가 이런저런 날품팔이를 전전한 끝에 도배 일을 배워 제법 번듯한 가게를 차린 적도 있지만 새로 들어온 젊은이들이 인테리어니 뭐니 하면서 등을 밀어대는 통에 고향 도시로 내려온 지도 벌써

20년이 되어가고 있었다. 이 도시로 내려와 도배
일을 하다가 그만두고 지금은 식물을 키우는
것으로 소일하고 있었다.

식물 가꾸기만으로 인생을 보낼 수 있다면
얼마나 좋을까. 젊을 때 정원사 일 같은 것을
배웠어야 했는데. 그쪽으로는 인연이 없었고
기회도 닿지 않았지. 한번 선이 닿으면 그것으로
인생이 결정된다는 걸 그때도 알았더라면.
인생이 그것으로 흘러가버릴 만큼 잠깐이라는
걸 그때도 알았더라면. 아아, 그나저나 요즘
젊은것들은 식물을 모르고 생명 소중한 것도
모르지. 식물들이란 얼마나 조용하고 품위가 있는
존재인가. 명은 그런 생각을 두서없이 했지만
이런 생각이 아무런 의미가 없다는 것도 잘 알고
있었다. 젊은 친구 중에는 명보다 식물에 관해 잘
아는 이들이 많을 것이고 식물들은 그렇든 아니든
아무런 상관을 하지 않을 것이며 무엇보다도
자신은 품위 있는 존재가 어떤 존재인지 잘
모른다는 데 생각이 미쳤다.

명은 광장맨션의 반지하층 입주민으로 맨션
옆의 작은 화단을 가꾸는 것을 늘그막의 낙으로
삼고 있었다. 화단은 폭이 1.5미터에 길이가
7~8미터 정도로 배롱나무, 작약, 철쭉, 장미
같은 식물들이 자라고 있었다. 가을에 구근을

　　　　　　　　이장욱

묻으면 초봄에는 튤립과 히아신스에 수선화가 피어오르고는 했는데 명은 그것이 신기하고 대견하여 싹이 트고 줄기가 자라고 꽃이 맺히는 화단의 모든 사건을 경이롭게 바라보고는 했다.

화단은 명이 광장맨션에 입주하던 때부터 있었던 것으로 처음 건축될 당시에 조성된 것이라고 했다. 25년이 넘었다는 얘기였다. 화단에서 보아 왼쪽으로는 광장맨션이 오른쪽으로는 프라자맨션이 마주 보고 있었는데 울타리 같은 것이 없어서 행인들이 지나가다가 식물을 구경하러 들어와 쭈그리고 앉아 있다 가곤 했다.

명은 부동산 김 노인에게서 들은 말을 떠올렸다. 화단이 분쟁 토지라는 얘기였다. 프라자맨션 쪽에서 이 화단이 자기네 소유라고 주장하기 시작했고 주차장으로 용도를 변경하는 것은 물론 소송을 걸어서 그간의 사용료까지 청구했다는 것이었다. 그 때문에 광장맨션 주민들이 여러 차례 회의를 열었다고 했다.

명은 화단 근처에 서서 하늘을 바라보았다. 커다랗고 발그스름하게 익은 고구마는 크기가 더 커진 것 같았다. 고구마는 법원 쪽에서 흘러와 분수대와 영화관을 지나 먼 산 쪽으로 움직이고 있었다.

고구마는 고구마.

고구마는 잘 익은 고구마.

잘 익은 고구마는 하늘을 흘러가지.

명은 중얼거렸다. 명이 그렇게 오래 하늘을
바라보고 서 있자 길을 지나던 행인 몇몇도 멈추어
서서 하늘을 바라보았다. 행인들이 그렇게 서 있자
다른 행인들이 또 멈추어 서서 하늘을 바라보았다.
어느새 10여 명이 된 행인들은 명과 함께 하늘을
멍하니 바라보다가 약간의 시간이 지난 뒤에는
내가 지금 뭐 하는 거지 하는 표정이 되어 다시
발걸음을 재촉했다.

행인들이 떠난 뒤에 명은 화단 곁에 쪼그리고
앉았다. 죽었다고 생각한 고무나무 곁에서 다시
뭔가가 올라오고 있었다. 꼬물꼬물 자라는
그것을 물끄러미 바라보다가 고개를 들었을
때, 프라자맨션의 현관을 나와 검은색 세단에
올라타는 남자가 명의 시야에 들어왔다. 키는 작고
체구도 왜소했지만 양복을 단정하게 입은 멀끔한
외모였다. 저 남자는 일생 동안 한 번도 식물
같은 것을 키운 적이 없겠지. 백일홍도 금잔화도
고무나무도 모를 것이다. 명은 어쩐지 그런 확신을
가졌는데, 그나저나 저런 좋은 차를 타는 남자가 왜
이런 낡은 맨션에 사는지 알 수 없다고 중얼거리며
다시 하늘을 바라볼 뿐이었다. 거대한 고구마는

이장욱

석양에 물든 채 움직이지 않고 있었다.

3

오조가 자신의 재능을 깨달은 것은 공무원
시험에 두 번이나 떨어지고 나서였다. 사지선다
오지선다의 답을 맞히는 것은 세상살이에 별
도움이 되지 않는다. 세상의 흐름을 읽고 그
흐름보다 아주 조금만 앞서면 된다. 오조는
그런 것을 스스로 터득했다. 시험에는 재능이
없었지만 돈의 흐름에 관한 한 오조에게는
남다른 감각이 있었다. 가령 경제 신문의
도표들을 물끄러미 보고 있으면 돈이 어디로
흘러가는지 느낌이 왔다. 뉴스 기사나 코멘터리는
도움이 되지 않는다. 표로 된 통계 자료만이
유의미하다. 자신에게는 뻔히 보이는 돈의
흐름이 다른 사람들에게는 전혀 보이지 않는다는
것을 깨달았을 때 오조는 공무원 수험서를 다
팔아버렸다.

오조는 빚이 없는 게 무슨 자랑이나 되는 듯
여기는 구시대 한국인들을 비웃으며 적극적으로
대출을 활용했다. 주식 선물거래와 단타 매매로
자산을 불린 뒤에 오조는 부동산으로 눈을
돌렸다. 처음에는 부동산 경매에 눈을 떴고 그
과정에서 고소를 당하거나 고소를 제기하기도

했다. 잠시 법무사 사무실에서 보조로 일했던 경력이 오조의 밑천이 되었다. 법과 연결하면 자산 운용이 더욱 쉬워진다는 것을 오조는 알고 있었다. 그 후는 일사천리였다. 돈을 부르는 것은 성실성도 아니고 능력도 아니다. 돈은 정확하게 돈을 따라 모인다. 그건 예나 지금이나 거부할 수 없는 진실이 아닌가. 그것을 오조는 알고 있었다. 오조는 갭 투자를 적절히 활용하면서 다소 무리다 싶을 정도로 부동산을 늘려나갔다. 정치권과 법조계 쪽 지인들에게서 흘러나오는 정보에 따라 구매하고 되팔기를 반복했다. 오조는 서울도 서울이지만 발전 가능성이 있는 수도권 외곽의 도시로 시선을 돌렸다. N시에서도 중심가와 가까운 곳을 노렸다. 프라자맨션에만 오조는 네 채의 집이 있었는데 조만간 절반이 넘어가면 곧바로 맨션 전체를 재건축할 생각이었다. 알고 지내는 국회의원에게서 얻은 언질도 있고 하니 승산이 있을 것이다. 지하철이 뚫린다는 얘기였다. 그러면 게임은 끝난 것이다. 지하철이 실제로 뚫리든 뚫리지 않든 그건 중요하지 않다. 발표가 나고 가격이 급등하면 바로 처분하는 것이다.

걸리는 게 없는 건 아니었다. 그 국회의원이 정보를 주었을 때 술이 좀 들어간 상태라서 어디까지 신뢰해야 할지 판단이 서지 않았다.

이장욱

지하철 얘기를 하던 국회의원은 갑자기
표정이 풀어지더니 횡설수설하기 시작했다.
그 지하철이란 게 말이야, 지하를 이케 저케
뚫고 들어가는 거잖아, 그런데 이케 저케 뚫고
들어가면 뚫고 올라오는 게 있더라고. 요즘에는
그냥 걷기만 해도 지하에서 불쑥불쑥 손이
올라온다니까. 시커먼 손이 올라와서 내 발목을
잡는 거야. 대낮이고 야밤이고 구분을 안 해.
무섭냐고? 무서우면 이 일을 어떻게 하나? 하하.

　　의원은 취한 목소리로 말했다. 오조는 그렇죠,
그렇죠, 의원의 말에 장단을 맞추면서도 이
양반이 요즘 스티븐 킹 소설을 애독하시나 하고
빙긋이 웃음을 흘렸다. 이래저래 요즘 한국
경제는 그냥 호러니까. 오조는 생각했다. 향후
적절한 타이밍에 깨끗이 손을 털고 동남아 쪽으로
모든 자산을 옮기는 거야. 시세차익은 역시
개발도상국이지. 이민은 그다음 문제고.

　　오조는 프라자맨션을 나와 차에 올라타면서
광장맨션 쪽을 흘끗 바라보았다. 노인 하나가
화단에 쭈그리고 앉아 있었다. 왜소한 몸에
생기가 얼마 안 남아 보였다. 일생 동안 쓸
에너지를 다 소모한 느낌이었지만 저런 체형의
노인들이 오히려 더 오래 산다는 것을 오조는
알고 있었다. 오조의 아버지도 오조의 어머니도

마찬가지였는데, 실은 오조 자신도 자신의 작은 체구에 대해 그런 믿음이 있었다. 나는 오래 산다. 누구보다도 오래 산다. 나를 공격하고 나를 미워하고 나를 고소했던 그 누구보다도, 나는 오래 산다.

오조는 학창 시절에 두어 번 싸움을 한 적이 있지만 몸이 왜소해 번번이 나가떨어졌다. 오조는 몸싸움으로는 안 된다는 것을 깨닫고 힘이 센 친구들을 돈과 말과 수완으로 구슬려 곁에 두는 방법을 택했다. 오조의 돈과 말과 수완이 모든 것을 좋은 방향으로 이끌었음은 물론이었는데 그건 강남에 거주하면서 서울과 수도권 인근에 수십 채의 빌라와 아파트를 소유하게 된 지금도 마찬가지였다.

오조는 화단에 쭈그리고 앉은 노인이 자신을 바라보고 있다는 것을 깨달았다. 저 노인이구나. 오조는 직감으로 깨달았다. 광장맨션에 사는 노인 하나가 오랫동안 화단을 가꾸어 왔다더니 바로 저 노인이 틀림없다. 오조는 중얼거렸다. 상관없지. 상관없고말고. 지가 뭔데 자기 땅도 아닌 곳에 꽃이니 나무니 그런 걸 키우고 지랄인가. 물론 재미 삼아 한다는 것은 알고 있지만 세상에는 법과 질서라는 것이 있다. 그것을 알려줘야 한다.

광장맨션과 프라자맨션은 같은 건설사에서

이장욱

같은 시기에 지었기 때문에 쌍둥이처럼
닮아 있었다. 경계도 애매하고 화단 쪽 토지
소유권도 애매했다. 법적 효력을 인정받기 위한
실측이 필요했는데 프라자맨션 입주민들을
설득해 그걸 진행한 게 오조였다. 우선 화단을
주차장으로 쓰다가 장기적으로는 재건축을
진행할 생각이었다. 오조는 토지 인도 및 부당
사용 금지를 위한 소송을 제기했다. 오조가
프라자맨션에만 네 채의 집이 있었기 때문에
나머지 사람들은 오조의 주장을 따를 수밖에
없었다. 문제는 광장맨션 사람들이었는데 말이
통하지 않는 데다 무조건 모르쇠로 나왔다.
대화가 안 되니 법으로 갈 수밖에 없었다. 간단히
끝날 줄 알았던 재판은 광장맨션 측에서 변호사를
선임하고 그 변호사가 점유 취득 시효를 들고
나오면서 복잡해졌다.

그 판결이 오늘이었다. 오조는 법원 쪽으로
차를 몰았다. 법원은 광장 북쪽에 있었고
프라자맨션에서 도보로 10분 정도면 갈 수
있었지만 오조는 그렇게 하지 않았다. 사실 재판
결과는 컴퓨터를 켜고 법원 사이트에 들어가 사건
번호를 입력하면 확인할 수 있다는 것을 잘 알고
있었지만 오조는 굳이 볼보를 끌고 직접 법원에
출석하곤 했다.

오조는 광장을 우회하는 길을 택해 차를 몰았다. 광장은 공항 이전 반대파의 시위로 복잡할 것이다. 저녁에는 지역 택시기사들의 시위가 예정돼 있다고 했다. 오조는 세계가 합리적이 되면 좋겠다고 생각했다. 논리가 안 되는 자들이 꼭 시위를 한다. 모든 시시비비는 법정에서 가려지면 되는 것이다. 그걸 꼭 집단으로 모여서 피켓을 흔들고 구호를 외치고 행진을 해야 한다고 생각하는 것은 후진국 병일 뿐이다. 모든 게 제도화돼 있고 제도가 미비하면 소송을 통해 보완을 요구하면 되는데 그걸 안 하고 저렇게 악다구니를 쓴다. 정치가 사람들에게 영향을 많이 미치는 사회는 후진 사회고 모두가 정치에 무관심해도 좋은 사회가 선진 사회. 정치는 경제를 보조만 하면 된다. 그게 오조의 신념이었다.

오조는 법원 특유의 공기와 분위기를 좋아했다. 입구 근처에는 변호사 사무실들이 몰려 있고 온갖 현수막들이 붙어 있었다. 광고성 현수막들 가운데는 모 법무법인을 공격하거나 사적인 문장으로 자신의 억울함을 호소하는 현수막도 있었다. 그것들은 빛이 바랠 때까지 몇 주씩 걸려 있다가 미화원들에 의해 철거될 것이었다.

법원에 가면 오조는 사람들의 직책과 지위를 단숨에 알아챌 수 있었다. 사복을 입고 있어도

이장욱

법관과 변호사는 옷 입는 스타일이 다르다. 일반 방청객들은 아무리 양복을 차려입어도 금방 티가 난다. 법관들은 어딘지 나른하고 피곤한 표정이고 변호사들은 특유의 깔끔하고 단정한 패션에 검은색 서류 가방을 들고 최대한 샤프해 보이기 위해 눈을 빛내고 있다. 그게 오조의 결론이었다.

오조는 법정에 들어서자마자 방청석 중간쯤에 자리를 잡고 앉았다. 법정에는 관련자들이 몇 명 나와 있지 않았다. 소액재판들만 배치되어 한꺼번에 처리하기 때문이었다. 앞자리에 앉아 있던 젊은 여자가 흘낏 뒤를 돌아보았다. 그녀와 눈이 마주쳤을 때 이 여자, 어디서 본 것 같은데… 어디였더라… 하는 생각이 오조의 머리에 떠올랐다. 하지만 어디선가 본 것 같은 느낌은 그저 착시 효과에 불과하다는 것을 오조는 알고 있었다.

법원 직원이 좌석을 돌며 휴대전화를 끄라고 외쳤지만 오조는 휴대전화를 끄지 않았다. 대신 녹음 기능을 켰다. 모든 것을 녹음하고 모든 것을 증거 자료로 확보한다. 소송을 밥 먹듯 하는 오조의 생활 습관이었다. 판사가 법정에 들어와 청중석을 흘끗 바라보았다. 갓 부임한 듯한 젊은 판사였는데도 얼굴에는 이미 피로의 흔적이 덕지덕지 붙어 있었다. 권력을 가진 자만이 지을 수 있는 표정이다. 오조는 그걸 알고 있었다.

너댓 명이 앉아 있는 청중석을 향해 판사는 나른한 목소리로 주문을 낭독해갔다. 일곱 건의 사건에 대해 판결이 내려졌다. 그중 광장맨션과 프라자맨션의 토지 분쟁 건은 프라자맨션의 승소로 끝났다. 광장맨션은 프라자맨션의 토지소유권을 확인하고 얼마 얼마를 지급할 것이며 소송 비용을 부담하라는 판결이었다. 자주점유니 공공용지니 운운한 광장맨션 측 주장이 인정되지 않았으니 당연한 판결이었지만 오조는 얼굴에 웃음이 피어오르는 것을 감추지 않았다.

4

연우는 키가 크고 회사원이었고 스물여덟이었다. 연우에게는 친구가 많았는데 그리 사교적인 성격은 아니었기 때문에 자신도 의외라고 생각하고 있었다. 친구들은 내밀한 이야기를 할 상대로 자주 연우를 꼽았고 연우는 친구들이 한 이야기를 누구에게도 하지 않음으로써 신의를 지켰다. 그리 어려운 일은 아니었다. 입이 무거운 편이기 때문이기도 했지만 친구들의 이야기를 듣고 어쩐지 금방 잊기 때문이기도 했다. 연우의 친구들은 대개 SNS에서 만나 친해진 뒤에 오프라인으로 발전한 경우였기 때문에 직업이나

이장욱

생활공간이 제각각이었으며 특별히 복잡한
인간관계가 필요하지 않았다. 연우는 인간이란
모두 각자의 몫을 살아가고 있을 뿐이며 결국
스스로 삶을 개척해야 하고 누구의 도움을 받을
필요도 도울 필요도 없다는 다소 차가운 인생관을
갖고 있었다. 하지만 연우는 일단 누군가를 돕기
시작하면 상대의 입장이 되어 최선을 다했는데
그럴 때면 자기 일만큼이나 그 일을 중요하게
여겼다. 스스로는 차가운 인생관을 갖고 있다고
여기지만 실은 반대 유형이라는 것을 연우 자신은
인지하지 못하고 있었다. 오프라인에서 만난
친구들은 내내 자기 얘기를 하다가 문득 연우에게
뭐든 네 얘기를 해보라고 채근하곤 했는데 그게
우정이자 예의라고 생각했기 때문이었다. 그러면
연우는 창밖을 바라보며 이렇게 중얼거리는
것이었다.

그렇구나. 근데 저기 저 코끼리는 어디로 가는
거지?

연우가 바라보는 곳을 따라서 바라보면 빌딩들
위로 거대한 코끼리가 지나가고 있었다. 코끼리는
커다랗고 뭉툭한 발로 빌딩들을 밟으며 나아가는
듯했지만 코끼리가 지나간 도시는 여전히 그 풍경
그대로였기 때문에 오히려 더 나른하게 보였다.
연우는 창밖의 코끼리에게 시선을 둔 채, 실은

말이야, 하고 이야기를 시작했다.

　최근에 연우는 프라자맨션이 광장맨션을 고소한 사건 때문에 골치를 앓고 있었다. 연우는 광장맨션에 살고 있었고 처음에는 아무런 관심이 없었지만 고소 내용이 화단이라는 사실을 알고는 방관만 하고 있을 수가 없었다. 입주자 회의에 한 번 참석한 뒤에는 빌라 공금으로 변호사를 위촉하고 법정에 나가고 결과를 알리는 일을 연우가 맡을 수밖에 없었다. 변호사는 건축 회사에서 애초에 화단을 공유지로 설계했다는 증거 자료를 제출하고 20년이 넘는 동안 공공용지로 사용되었으므로 자주점유 시효가 완성되었다는 주장을 폈으나 결과는 패소였다.

　판사의 주문 낭독이 끝나자 연우는 잠시 고개를 숙였다가 뒤를 돌아보았는데 뒤에 앉아 있던 남자가 연우를 빤히 바라보고 있었다. 이 남자, 어디선가 본 적이 있는데. 그런 생각이 들었지만 연우는 깊이 생각하지 않았다. 세상은 어디선가 본 듯한 사람들로 가득하고 인간의 얼굴은 눈 코 입 귀로 구성돼 있어서 다 거기서 거기인데 사람들은 누가 누구인지를 어떻게 알아낼 수 있는 것일까? 연우는 그게 신기해서 그런 느낌으로 시를 쓴 적도 있었다. 연우는 작년에 모 문예지로 등단한 시인이기도 했지만 아직 발표한 작품은 많지

않았고 자신이 시인이라는 것에 특별한 감흥이
없었다.

그나저나 법정에는 왜 창문이 없을까.
백화점에도 창문이 없고 법정에도 창문이 없고
연우의 방에도 창문이 없다. 하늘은 언제나
창문으로 가득하고 바다도 깊은 창문이 있고 꿈은
거대한 창문 그 자체인데 이곳은 어째서…?

연우는 법원을 나와 광장 쪽으로 걸어가면서
하늘을 바라보았다. 코끼리 한 마리가 하늘
저편으로 유유히 이동하고 있었다. 연우는
물끄러미 하늘에 시선을 둔 채 중얼거렸다. 이런
맑은 날에 웬 코끼리가… 저렇게 하늘을 걷는
코끼리를 바라보면서 대화를 나눈 적이 있는데…
그게 최근이었는데… 누구였더라. 그거 영화
아네요? 코끼리가 하늘을 유유히 날아가잖아요.
커다란 귀를 날개처럼 펴고. 펄럭펄럭. 펄럭펄럭.
커다란 귀를 날개처럼 펴고. 이름이 뭐였더라.
점보였나. 덤보였나. 맞다 덤보.

연우는 그 영화를 보지 않았고 지금 저 하늘의
코끼리는 날아가는 것이 아니라 그저 걸어가고
있다고 말했다. 코끼리는 저렇게 천천히 걸어가도
좋은 거예요. 연우는 창밖으로 시선을 돌리며
그렇게 중얼거렸고 상대도 연우를 따라 창밖으로
시선을 돌렸는데 두 사람이 가만히 창밖을

바라보는 그 느낌이 연우의 마음속에 오래 남아서
잔잔한 파문을 일으켰다.

연우는 법원을 나와 광장 쪽으로 향했다.
오후에는 공항 이전 반대 측의 시위가 있고
저녁에는 택시 기사들의 시위가 있다고 했다.
내일 오후에는 공항 이전 찬성 측의 집회가
있고 월남전 참전용사들의 집회가 이어진 뒤
저녁에는 이주노동자들의 연대 집회와 동일
사건 동일 처벌을 요구하는 여성연대 시위가
예정되어 있었다. 이 시위들이 모두 같은 광장에서
이루어진다는 것을 연우는 믿을 수 없었다.

내일 저녁에는 연우도 광장에 나가볼
생각이었다. 연우의 친구들도 참여할 것이었다.
연우는 친구들을 만나 같은 구호를 외치며 팔짱을
끼고 걸을 수 있다는 데 약간의 설렘을 느꼈다.
아마도 코끼리도 함께 걷지 않을까. 연우는 다시
하늘을 바라보았다.

5

하늘에는 코끼리 한 마리가 유유히 흘러가고
있었다. 1791년 여름의 어느 날이었고 샹 드 마르스
광장의 상공이었다. 코끼리가 하늘을 흘러가고
있는데도 사람들의 관심은 코끼리가 아닌 것
같았다. 광장은 흥분한 군중으로 가득했지만

군중의 시선은 하늘이 아니라 단상 쪽을 향해
있었다. 누군가는 단상을 향해 돌을 던졌고
누군가는 야유를 퍼부었다. 단상에 올라가 있는
사람은 혁명 공신 라파예트 후작이었다. 그는
군인으로 평생을 살았으나 바다 건너 미국
독립전쟁에 참전할 정도로 자유주의 사상에
투철한 인물이었다. 라파예트 후작은 군인으로서
혁명에 기여한 공으로 국민군 사령관을 맡고
있었다.

　라파예트는 시민들의 요구를 잠재우려
애썼다. 시민들은 군주제를 즉각 폐지하고 완전한
공화정을 실시할 것을 요구하고 있었다. 어느덧
자유주의 보수파가 되어 있던 라파예트는 왕을
완전히 폐위시키려면 시간이 더 필요하다고
생각했다. 이렇게 급격하게 모든 걸 바꾸다가는
자기 자신까지도 바뀌리라는 걸 그는 알고
있었다.

　날은 더웠고 시민들은 점점 과격해져 가고
있었다. 그는 혁명 내내 자신을 지지했던
사람들이 이제 자신을 공격하는 상황을 어떻게
이해해야 할지 알 수 없었다. 라파예트의 머리 위
저편에서 새가 우는가 싶더니 어디선가 총성이
울렸다. 총탄은 지붕 쪽으로 날아간 듯했다. 그
총탄은 군중 속 어디선가 날아왔는데 그것이

라파예트를 겨눈 것인지 아니면 하늘을 유유히
걷고 있는 코끼리를 향해 쏜 것인지 그것도 아니면
단지 공포탄이었는지는 명확하지 않았다.

하지만 라파예트의 안색은 이미 흙빛으로
변해 있었다. 이럴 수가. 나는 한때 혁명의 선봉에
서 있었는데 나를 따르던 시민들이 이제 나를
위협하고 있지 않은가. 나를 향해 돌을 던지고
급기야 총까지 쏘고 있지 않은가. 아아 저들은
프랑스 시민들이 아니다. 저들은 자코뱅이고
급진파고 폭도들일 뿐이다. 라파예트의 생각이
질주했다. 때마침 태양이 이글거렸고 병사 하나가
주춤주춤 그에게 다가와 귓속말을 전했다. 파리
시장 장 실뱅 바이가 계엄령을 선포했다는
소식이었다. 드디어 계엄령이군. 이제 발포가
가능하다.

라파예트는 우선 공포탄을 쏘도록 명령했다.
군중을 향해 공포탄 몇 발이 발사되었다. 광장을
메운 시민들은 동요했으나 잠시 후 성난 파도로
돌변했다. 라파예트가 우리를 향해 총을 겨누었다!
라파예트가 우리를 쏘았다! 라파예트를 향해 돌이
날아들었다. 라파예트는 가까스로 돌을 피한 후
겁에 질린 근위병에게 귓속말로 명령했다.

쏴버려!

이장욱

김수는 책을 덮고 카페 창밖을 바라보았다. 어디선가 총소리가 들려왔다. 아니, 총소리가 아니라 사이렌 소리였다. 사이렌 소리는 점점 요란해졌고 광장은 시민들로 붐비고 있었다. 공항 이전 반대파에서 시위를 할 시간이군. 김수는 생각했다.

그때 광장 저편에서 솟아오르는 연기가 보였다. 소방차들이 김수가 앉아 있는 카페 아래의 도로를 지나 연기 쪽으로 달려가고 있었다. 김수는 자리에서 벌떡 일어났다. 연기가 솟아오른 곳이 어딘지 정확하지는 않았지만 불길한 직감이 김수의 몸을 일으켰다. 김수는 급하게 가방을 챙겨 들고 카페를 뛰쳐나갔다.

연우 역시 광장맨션으로 돌아가는 길에 하늘을 올려다보았다. 코끼리도 보이지 않았고 코뿔소도 하마도 없었다. 대신 검은 연기가 희미하게 하늘로 번져오고 있었다. 연기가 솟아오르는 곳의 위치로 보아 광장맨션 쪽이었다. 설마 우리 집은 아닐 거야. 하지만 그럼 어디? 연우는 답할 수 없었다. 불안이 연우의 걸음을 채근했다. 집 쪽으로 가까이 갈수록 사이렌 소리가 크게 들렸다.

카페에서 뛰쳐나온 김수가 연우와 어깨를 부딪쳤다. 김수는 연우에게 급하게 사과하고

사이렌 소리를 따라 뛰었다. 연우도 김수에게
급하게 사과하고 사이렌 소리를 따라 뛰었다.
이미 오랫동안 둘은 서로의 상상 속에서 만나고
있었지만 그게 상대방이라는 것은 알지 못했다.
김수는 프라자맨션에 살고 있었고 연우는
광장맨션에 거주하고 있었으며 광장맨션과
프라자맨션은 서로 마주보고 있었다.

6

오조는 검은 연기가 치솟는 곳을 바라보았다.
프라자맨션 쪽이었다. 이건 무슨 일인가. 빨리
서울로 돌아가야 하는데. 당분간 이 도시에는 올
일이 없는데. 화단을 철거하고 임시 주차장을 만들
때 와서 지시만 하면 되는데. 이미 건설사 쪽과
날짜까지 잡았는데…

오조는 프라자맨션 쪽으로 차를 돌렸다.
프라자맨션에 가까이 갈수록 사이렌 소리가 커졌고
솟아오르는 연기에 가까워졌다. 그것이 오조를
불안하게 했다. 가까운 곳에서 소방차들이 오조의
차와 함께 달리고 있었다.

광장 주변은 언제나 혼잡했다. 광장으로 이어진
도로에서 한 블록 들어가 우회전한 뒤 다시 1차선
도로로 진입해야 하는데 그 1차선 도로에는 불법
주차된 차량이 많았다. 소방차들은 1차선 도로

안으로 진입하지 못하고 앵앵거리고 있었다. 불을
피해 도로에서 나오는 차들과 엉켜 진입 자체가
불가능했다. 오조는 차를 갓길에 세워두고 달리기
시작했다.

　오조는 달리기에는 나름대로 자신이 있었다.
초등학생 때부터 달리기에는 자신이 있었다.
달리기에는 내내 자신이 있었는데… 달리기에는
자신이… 하지만 어느 순간 오조는 자신의
뜀박질이 느려지고 있다는 것을 깨달았다. 오조는
자신의 다리를 바라보았다. 시커먼 손이 땅에서
솟아올라 오조의 발목을 잡고 있었다. 뿌리치고
발을 옮기면 다른 손이 솟아올라 또 발목을
붙잡았다. 이게 뭐지. 이게 뭐람. 이게 뭐야.
오조는 속으로 비명을 질렀지만 그 와중에도 이건
어딘가 낯익은 손이라는 생각이 들었다. 하지만
지금은 그게 문제가 아니지 않는가. 오조는
지하에서 솟아오르는 손들을 발로 마구 차면서
달리기 시작했다.

　타오르는 것은 프라자맨션이 아니었다.
프라자맨션과 광장맨션 사이에 있는 화단이었다.
화단과 화단 주위의 나무들이 맹렬하게 타오르고
있었다. 프라자맨션은 연기 속에 멀쩡하게 서
있었다. 아아 다행이다. 다행이다. 하지만 지금
타오르는 저 화단도 프라자맨션의 소유인데.

111　　　　　　　　광장

오늘 판결이 났는데. 저쪽은 항소도 못 할 것인데. 그나저나 이건 그냥 불이 아니다. 누군가 휘발유를 뿌리고 불을 붙인 것이 틀림없다. 그렇지 않으면 불길이 이렇게 맹렬하게 치솟을 수는 없다. 오조는 직감했다. 인파가 모여들고 막 도착한 소방관들이 정신없이 뛰어다니고 있었다. 중요한 것은 불길이 프라자맨션으로 옮겨붙지 못하게 하는 것이다. 오조는 소방관들 쪽으로 달려갔다. 책임자를 만나야 한다. 내가 누군지 알리고 프라자맨션 대부분이 내 소유이며 이 불길은 방화로 일어난 게 틀림없다는 것을 알려야 한다.

그때 오조의 눈에 뜨인 것이 있었다. 불그스레한 불길을 배경으로 사람의 그림자가 보였다. 불길 쪽, 화단 곁에, 사람이 서 있었다. 저건 노인이 아닌가. 노인이 틀림없다. 노인이다. 바로 그 노인이… 불길 앞에 멍하니 선 채로 하늘을 바라보고 있었다.

타오르는 화단 가까이에서 고개를 들고 있는 노인의 시선을 따라 오조도 하늘로 시선을 돌렸다. 하늘은 검붉은 연기로 가득할 뿐이었는데, 검붉은 연기로 가득하다고 생각했는데, 가득한 연기 사이로 더 검붉은 빛깔의 무언가가 오조의 눈에 들어왔다.

거대한 물체가 하늘에 떠 있었다.

저건… 뭔가. 저건… 대체 뭔가. 저 물체는…

이장욱

저 거대한 물체는… 유선형에 다소 거친 표면을
갖고 있고 저공비행을 하는 저것은… 우주선인가.
그런데 저건 마치… 고구마처럼 생기지 않았나.
거대한 고구마처럼 생긴 것이 지상을 향해 점점
내려오고 있지 않은가. 오조는 벌린 입을 다물지
못했다.

명은 화단 곁에 서서 하늘의 고구마를
바라보고 있었다. 고구마는 검고 붉게 물든
고구마였다. 검은 것은 화단에서 피어오른 검은
연기 때문일 것이고 붉은 것은 석양 때문일
거라고 명은 생각했지만 고구마가 검고 붉은
것은 단지 저것이 고구마이기 때문인지도 몰랐다.
명은 멍하니 중얼거렸다. 어째서 고구마는 하늘에
떠 있는가. 어째서 공항은 이전하거나 이전하지
않는가. 어째서 화단은 타오르거나 타오르지
않는가. 주차장은 무엇에 쓰고 주차장은 무엇을
위해 쓰이는가. 어째서 화단의 무성한 식물들은
자라나고 자라나다가 결국 시들어버리고 이렇게
불타오르고 마침내 또 돋아나는가. 마침내
또 돋아나서 미친 듯이 자라나 결국 하늘을
뒤덮는가. 아, 이 사람 참 답답하네. 주차장을
만들어야 주차를 하고 주차를 할 수 있어야
차를 만들고 차를 만들어야 일자리가 생기지.
부동산 김 노인은 그렇게 말하고 웃었는데

어째서 김 노인은 그렇게 바른말만 하는가. 저것은
배롱나무고 저것은 작약이고 저것은 철쭉인데…
하늘에는 어째서 고구마 같은 이상한 것이
떠다니는가. 명은 연기가 솟아오르는 하늘 쪽으로
두 손을 뻗으며 중얼거렸다. 저 거대하고 무겁고
천천히 움직이면서 또 검붉은 고구마가 이제 곧
폭탄처럼 터지리라는 것을 명은 알았다.

연우와 김수는 헐레벌떡 현장에 도착했다.
불길이 치솟는 하늘 쪽으로 시선을 돌렸을 때
연우와 김수는 코끼리 떼가 하늘을 뒤덮고 있는
것을 보았다. 코끼리들은 큰 걸음으로 광장을
법원을 분수대를 영화관을 지나와 광장맨션과
프라자맨션 위에 머물러 있었다. 그리고 자신의
무거운 몸을 가늠하듯 서서히 하강하고 있었다.

이윽고 코끼리들이 천천히 코를 들어 올렸다.
수많은 코끼리가 천천히 코를 들어 올려 물을
뿜기 시작했다. 코끼리들이 뿜어낸 물은 빗줄기가
되어 폭우가 되어 지상으로 쏟아지기 시작했다.
빗줄기가 폭우가 연우의 머리 위로 김수의 머리
위로 명의 머리 위로 오조의 머리 위로 소방관들의
머리 위로 행인들의 머리 위로 쏟아지자 광장의
하늘로 솟아오르던 검은 연기는 급격하게
사그라들었다. 코끼리가 쏟아낸 물은 빗줄기는
폭우는 광장맨션과 프라자맨션과 화단과 주차장과

거리와 광장과 분수대와 법원과 영화관을
구분하지 않고 뒤덮었다. 광장에서 행진을 하던
사람들은 쏟아지는 빗줄기를 피해 손을 머리
위에 얹고 여기저기로 흩어지기 시작했는데, 그
순간에도 오조의 발목을 잡고 있는 것은 지하에서
올라온 손이 아니었다.

김초엽 광장

김초엽

2017년 한국과학문학상을 받으며 작품 활동을 시작했다.
소설집 『우리가 빛의 속도로 갈 수 없다면』 등이 있다.

아무도 마리가 어디로 갔는지 모른다. 사람들은 지금도 내게 마리의 행방을 물어온다. 그들은 내가 마리와 가장 가까운 관계였던 사람이라고, 그렇기에 다른 누구도 아닌 내가 마리의 행적을 모를 리는 없다고 생각한다.

나는 늘 같은 대답을 했다. 마리와 어떤 특별한 관계도 아니었다고. 그냥 마리를 단기간 가르쳤던 무용 강사에 불과하다고. 솔직히 말하자면 지금도 나는 내가 마리의 무엇이었는지 모르겠다. 무용 강사에 불과했다고 하는 것이 정확한 표현일까? 그 이상의 무언가가 있었다고 말하려는 건 아니다. 수업은 고작해야 석 달이었고 마지막에는 파행으로 치달았다. 관계는 불신과 분노로 끝이 났다. 그러나 그런 말로는 충분하지 않은 것 같다. 나와 마리는 아주 짧은 순간, 다른 종류의 감각을 공유한 적이 있었다.

그런데 그것만으로 이 관계를 특별하다고 말할 수 있을까.

실패한 테러리스트. 마리는 여전히 그렇게 불린다. 의도와 결과가 어찌 되었든 사건은 전 인류적인 재앙이 될 수도 있었다. 사건 이후 몇 년이 지났지만 모두가 그날의 충격을 선명하게 기억하고 있다. 그 이후 같은 일이 발생한 적은 없으나 여전히 마리가 남긴 두려움이 이곳에 남아 있다.

동시에 그 이야기가 사람들의 호기심을 자극하는 것도 사실이다. 그들은 마리가 언젠가 돌아오지 않을지, 다음 단계의 테러를 준비하고 있는 것은 아닌지, 어쩌면 '제2의 마리', '제3의 마리'들이 등장하는 것은 아닌지 추측한다.

"그때 정확히 무슨 일이 있었나요?"

모두가 그날의 일을 궁금해한다. 제대로 남은 기록은 아무것도 없고, 촬영 중이던 카메라는 모두 부서졌으며, 남은 것은 오직 목격담뿐인 그 무대를. 페스티벌에 왔던 사람들이 비명을 질러대기 전 진짜로 있었던 일을.

나는 그날 무대에 가지 않았다. 하지만 무슨 일이 일어났을지 충분히 짐작할 수 있다. 나는 마리가 공연을 준비하는 과정에 가장 많이 개입했던 사람이었고, 마리의 진짜 의도가 무엇인지 가장 먼저 알아차린 사람이었다. 마리가 그 계획을 실행에 옮기는 것을 막아보려고 했고, 결국은 실패한 사람이기도 하다.

생각해보면 마리는 단지 어떤 흐름을 실행에 옮긴 것에 불과한 지도 모른다. 흐름은 그 전부터 분명히 있었다. 마리는 울타리를 무너뜨렸고, 그 사건의 결과는 어떤 방식으로든 사람들의 생각을 바꾸었다. 그 이전으로 돌아갈 방법은 없다.

적어도 내가 목격한 바에 의하면 그렇다.

김초엽

○

그해 늦봄, 나는 대학 동기 윤으로부터 이상한
제안을 받았다. 자신의 철없는 사촌 동생이
무용 강사를 구해달라며 고집을 피우고 있다는
것이었다. 나는 얼마 전까지 강사로 근무하던
학원을 원장과의 다툼으로 그만둔 탓에 잔뜩
지쳐 있었기 때문에 개인 레슨을 받아들인다는
게 내키지 않았다. 윤은 한 번만 이야기를 들어
달라며 긴 푸념을 늘어놓았다.

    윤의 사촌 동생은 마리라는 이름의 여자아이로
이모네 집안의 오랜 골칫덩어리였다고 한다.
모그로 태어났지만 중학교에 입학하기 전까지는
꽤 공부를 잘하는 편이었는데, 재능있는 딸의
결함을 안타깝게 여긴 부모가 해외 특수학교로
유학을 보낼 만큼 전폭적으로 지원해주었다.
그런데 정작 그 학교에서 뭘 보고 왔는지
귀국한 이후로 이상한 행동을 해대기 시작했다.
친구들과 무슨 사업을 같이 하겠다며 우겨대다가
대학 입시도 준비하지 않고 수상한 프로그램
개발에만 몰두하더니, 얼마 전부터는 갑자기 춤을
배우겠다고 선언했다.

    잠깐 달래듯 레슨을 듣게 해주면 되겠지
생각했던 마리의 부모는 무용과 출신인 조카
윤에게 강사 섭외를 부탁했고, 윤은 처음에

121   광장

무용학원을 소개해주려 했다고 한다. 하지만 잘 보지도 못하는 사촌 동생이 나쁜 대우를 받지 않을까 걱정도 되고, 무엇보다 이모가 크게 걱정하고 있어 고심 끝에 나에게 연락을 하게 되었다는 이야기였다.

단번에 거절하지는 못했다. 윤의 말이 워낙 횡설수설이어서 그 마리라는 아이가 정확히 무엇을 원하는지는 몰라도 인제 와서 입시를 준비하려는 건 아닌 것 같았다. 그전까지 나는 주로 대학 입시생들을 가르쳐왔다. 연극영화과 지망생들이나 현대무용 특기 시험을 준비하는 학생들이었다. 나는 그 애가 모그라는 말이 마음에 걸렸다. 만약 그 애가 태생적 모그라면, 본인의 열의와는 관계없이 춤을 출 수 없는 것이다. 윤이 나에게 대체 무슨 부탁을 하고 있는 것인지 당혹스러웠고, 동시에 호기심이 일었다.

모그는 일종의 시지각 이상증으로 현 미성년 인구의 최대 5퍼센트 정도로 추정된다. 왼손잡이 정도로는 흔해야 하지만 마리를 만나기 전까지 나는 모그를 직접 만난 적이 없었다. 그들은 주로 편의시설이 잘 구비된 특수구역에 거주하며 폐쇄적인 공동체를 이루고 살아간다고 알려져 있다. 드물지만 임플란트식 보조 장치의 도움을 받아 시각 재활에 성공한 경우도 있다고 한다. 그

김초엽

경우에는 보통 사람들 사이에 섞여 문제를 숨기고 살아가므로 쉽게 알아챌 수 없다. 윤의 이야기를 들어보니 그 아이가 후자의 경우는 아닌 것 같았다.

나는 다시 윤에게 메시지를 보내서, 사촌 동생이 모그인 것이 정말이냐고 물었다. 모그들은 춤을 추기는커녕 감상하거나 즐길 수도 없을 텐데 배우는 게 무슨 의미가 있는지, 춤을 볼 수 없는 사람에게 무슨 수로 춤을 가르쳐야 하는지, 혹시 이게 사이비 종교 권유나 강제 봉사활동과 관련이 있지는 않은지 따졌다. 윤은 당황한 것 같았지만, 그 애가 춤을 배울 수 있느냐는 내 질문에는 확신을 가지고 말했다.

"만나보면 알 거야. 나도 잘 모르지만 걔들은 걔들 방식이 있어."

마리와의 첫 만남은 생각보다 평범했다. 연습실을 예약해두고 몸을 풀고 있었는데 정시에 누군가가 문을 두드렸다. 문 앞에 선 마리가 고개를 꾸벅 숙였다. 마리의 첫인상은 장난기 넘치는 보통의 10대 후반 여자애였다. 부스스한 단발에 펑퍼짐한 옷차림을 하고 있었는데, 옷의 패턴만큼은 아주 복잡하고 강렬했다.

"꼭 뵙고 싶었어요. 마리라고 합니다."

마리는 웃으며 인사했다. 윤이 철없는 사촌

동생이라고 잔뜩 험담을 한 것과는 달리 평범한 태도여서 오히려 당황스러웠다. 내가 마리를 안쪽으로 안내하자 마리는 호기심 어린 얼굴로 연습실을 둘러보기 시작했다. 그 모습을 보니 점점 의아해졌다. 저 애는 연습실에 무엇이 있는지, 어디에 무엇이 위치하는지 보이는 걸까? 아니면 그저 보는 척을 하는 걸까? 하지만 직접 묻는 건 무례할 것 같았다. 마리가 주위를 살피는 동안 나는 연습실 구석에 접이식 의자 두 개를 펼쳐 놓았다.

마리는 의자 다리에 살짝 부딪히긴 했지만 제자리를 찾아서 앉았다. 나는 마리에게 왜 춤을 배우고 싶은지 물었고, 교습이 쉽지 않을 텐데 괜찮냐고 물었다. 정확히 배우고 싶은 춤이 무엇인지, 만약 그런 게 없다면 왜 잘 모르는 것을 배우고 싶어하는지도 물었다. 나의 질문을 가장한 거절의 말을 찬찬히 다 듣고서 마리는 무언가 알겠다는 듯이 이렇게 말했다.

"제가 모그인데도 잘 배울 수 있을지 걱정하시는 건가요?"

허를 찔린 기분이 들어 마리의 표정을 살폈다. 그 얼굴에 딱히 기분 나쁜 기색은 없었다. 나는 수긍했다.

"솔직히 그래. 모그 학생을 가르쳐보는 건 처음이라 자신도 없고. 네가 뭘 원하는지도 아직 모르니까."

마리는 주머니에서 접이식 스크린 하나를 꺼내
들었다. 스크린의 표면은 매끈하지 않고 군데군데
튀어나온 굴곡이 있었는데, 마리는 익숙한 태도로
스크린을 손끝으로 문질렀다. 노이즈가 섞인
영상이 재생되기 시작했다. 나무 바닥이 깔린
연습실이 보였다. 한 여자아이가 다리를 허공으로
쭉 뻗는 동작을 취하고 있었다.

"제가 다녔던 학교에 무용 수업이 열렸어요.
아무도 신청하지 않아서 폐강 위기였다가, 저와
친구 두 명이 마지막에 신청을 해서 두 달을
들었죠. 선생님의 말로는 그냥 스트레칭만 하다
끝난 것이나 마찬가지라고 했지만, 저는 그게
노래나 악기를 배우는 것보다 훨씬 흥미롭다고
생각했어요."

마리의 시선은 스크린을 향하지 않았다.
마리는 나를 보고 있었는데 정확히는 내가 아닌
내 주위의 풍경, 나를 둘러싼 공기, 혹은 나의
테두리를 보고 있는 것 같았다.

"춤은 잘 모르지만 몸을 움직이는 것에는
관심이 있어요. 선생님이 수락해주셔서 기뻐요.
전적으로 신뢰할 수 있는 선생님이 필요했거든요.
제가 뭘 하고 있는지 정확하게 말해줄 사람이요."

마리는 말했다.

"저는 어차피 보여지는 아름다움 같은 건 모르니까요."

아마 신중하지 못했던 나 자신에 대한 자책감 때문이었지만, 마리의 말은 기어이 그 말을 하게 만든 나를 질책하는 것처럼도 들렸다. 그 앞에서 아직 수락한 것은 아니라거나, 그래도 가르칠 자신이 없다거나 하는 대답을 할 수는 없었다. 짧은 침묵이 어색해질 무렵 나는 입을 열었다.

"그래. 잘해보자."

나중에 돌이켜보았을 때 그건 내가 스스로에게 놓은 덫이기도 했다는 생각이 든다.

마리를 처음 만났을 때만 해도 모그 학생의 교습에 쓸 자료가 흔치 않았다. 온종일 참고 자료를 찾아 인터넷을 뒤졌지만 나는 이상한 결론에 도달했을 뿐이다. 어쩌면 모그들은 시각적으로 표현되는 예술에는 거의 관심이 없는 것 같다는 결론. 그들이 세계를 인지하는 방식이 보통 사람들과 근본적으로 다르다는 점을 생각해보면 이상한 일은 아니다. 모그들은 대개 데이터와 이론의 영역에서 일했다. 마리 역시 유학을 그만두고 돌아오지 않았다면, 컴퓨터 공학과 관련된 학과로 진학했을 것이라고 나에게 말한 적이 있다.

이상기온을 해결하기 위해 개발된

플루오펜마이드는 한 세대에 걸친 시지각 이상증 아이들을 만들어냈다. 부작용은 대기를 통해 널리 확산되었다. 증후군 최초 규명자의 이름을 따 모그로 불리게 된 아이들은 각기 다른 증상을 보였지만, 공통적으로 시지각 회로에 결함을 안고 있었다. 모그들은 시각 자극을 받아들이는 데에는 이상이 없지만 그 개별적인 자극을 하나의 구체적인 형상으로 조합하는 일에 실패한다. 인간이 보는 세계는 세계 그 자체가 아니라 인지 회로를 통해 재구성된 세계이기 때문에, 재구성에 실패한 모그들의 세계는 파편화된다. 흩어진 퍼즐 조각, 여러 빛깔의 안개, 색면의 추상화. 어떤 이들은 낭만적 대상화의 일종으로, 그들을 추상의 세대라고 부르기도 한다. 하지만 그런 묘사가 정말로 모그들의 세계와 일치하는지는 알 수 없다.

첫 수업 날 마리는 원색의 라벨 스티커를 가져왔다. 내 손과 발끝에 스티커를 붙여 달라고 요구했다. 나는 미심쩍어하면서도 마리의 요구를 따랐는데, 스티커를 붙인 채 천천히 동작을 하면 마리는 그것을 곧잘 비슷하게 흉내낼 수 있었다.

"플루이드가 작동하는 방식이에요. 공간상에서의 위치 좌표를 알려 주는 거죠. 실제로 라벨을 눈으로 보는 건 아니에요.

숙달되면 전달받는 좌표만으로 머릿속에 추상적인
공간을 그릴 수 있어요."

설명을 들어도 상상할 수 없었다. 나는 마리의
세계를 굳이 이해하려고 노력하는 대신, 마리에게
기본적인 스트레칭과 기초 동작을 가르쳤다. 첫
번째보다는 두 번째 수업에서, 그리고 세 번째
수업에서 마리는 움직임을 더 잘 알아차렸다.
마리는 가끔 피로한 듯이 자리에 멈춰 서서
눈을 깜빡였는데, 그럴 때 나는 그 애의 눈이
부자연스럽게 주위 환경을 붙잡듯 움직이는 것을
보았다. 이따금 마리는 눈에서 렌즈를 꺼냈다가
다시 눈에 넣었다. 그 렌즈가 플루이드냐고 묻자
마리는 고개를 저었다. 그것은 단지 입력 장치와
연계된 렌즈에 불과하다고 했다.

"플루이드는 제 두개골 안쪽에 있어요. 일종의
신경계 임플란트죠. 선생님도 루프 칩을 써본 적
있지 않으세요? 그것과 비슷한데요."

"난 루프 칩에 적응 못 했어. 대부분 그랬지만."

"맞아요."

마리는 자신만만하게 웃었다.

"오직 우리 같은 사람들만이 적응에 성공했죠."

그 말을 할 때 나는 마리가 어떤 자부심을 담아
말한다는 느낌을 받았다.

마리를 둘러싼 것들은 늘 나를 조금씩 불편하게

했다. 왜 마리는 자신이 감상할 수 없는 형태의
아름다움을 표현하려고 하는 것일까. 그것은
일종의 농담이나 기만이 아닐까. 마리가 모그들에
관해 이야기할 때 내비치는 자부심은 무엇일까.
마리는 이 수업에서 무엇을 배우고 싶은 걸까.

　　불편함을 핑계 삼아 그만둘 수도 있었지만
나는 그렇게 하지 않았다. 친한 친구의
부탁이니까, 레슨 기간이 짧으니까, 레슨비를
많이 받기로 했으니까…. 여러 이유를 손꼽아
볼 수도 있었다. 그렇지만 나는 내가 마리를
가르치기로 한 진짜 이유를 알았다. 마리는 낯선
존재였고, 나의 호기심을 자극했다. 마리는 내가
한 번도 만난 적 없는 학생이었고 앞으로도 만날
일 없는 학생이었다. 그건 누군가를 가르치기로
결정하기에는 부적절한 이유였다. 그럼에도 나는
마리가 궁금했다.

　　　　　　　　　○

마리와의 레슨은 천천히 서투르게 진전되었다.
학원에서 근무할 때 기초반에서 수업하던
커리큘럼을 가져왔는데, 마리는 뛰고 구르는
움직임이 큰 동작들은 잘 알아차렸지만
상대적으로 폭이 좁은 섬세한 동작을 어려워했다.
바닥과 밀착한 상태에서 움직이는 플로어

테크닉은 마리에게 감흥보다 의아함을 안기는 것
같았다. 나는 모든 동작을 아주 느리게 시작해야
했다. 마리가 한번 동작을 인식한 다음에는 점차
속도를 높일 수 있었다.

마리는 음악을 잘 듣고 움직였다. 리듬감이
좋았고 몸이 가벼웠다. 입시반 학생이었다면
재능이 있다고 평가했을 것이다. 하지만 마리는
세심한 표현에는 관심이 없어 보였다. 손의
모양이나 발끝의 방향 같은 것들은 마리의 인식
체계에서 쉽게 무시되었다. 아마 그것은 마리가
감각하는 방식 때문이었을 것이다. 그러니까
마리는 내가 시범을 보이는 안무를 보거나 거울에
비친 자신의 모습을 보는 것이 아니라, 플루이드를
통해서 인식된 안무를 보았기 때문에. 마리와 나는
표면적으로는 같은 동작을 했지만 실제로는 전혀
다른 종류의 일을 하고 있는 것인지도 몰랐다.

한번은 마리가 자신의 감각 보조 장치인
플루이드에 관해 이야기해주었다. 플루이드는
사실 예전에 이미 개발되었던 루프 칩을 개조한
것이었다. 루프 칩이 세계의 모든 연결망을 대체할
것처럼 다들 떠들어대던 시기가 있었다. 나도 그
물결 속에 있었다. 루프 칩은 간편하게 피부 안쪽에
삽입해서 감각 신경을 자극하는 신경 칩으로,
모든 사람을 상시적인 온라인 상태에 두는 기술이

김초엽

최초로 상용화된 사례였다.

　루프 칩은 보편화되지 않았다. 사람들은 과도한 감각 자극에 적응하지 못했다. 테스트에 참가한 사람들은 바깥 세계에 있던 네트워크가 내면으로 쏟아져 오는 경험을 낯설어했다. 상시로 연결된 느낌을 받는 것과, 실제로 연결되는 것은 달랐다. 자아와 외부 세계를 분리할 수 없게 되자 극도의 피로감을 호소하는 사람들이 늘어났다. 결국 루프 칩은 실패한, 혹은 너무 시대를 앞서간 기술로 남았다.

　마리는 루프 칩을 한번 썼다가 온종일 멀미로 앓아누웠다는 내 이야기를 듣고는 재미있다는 듯이 웃었다.

　"그럴 만도 하죠. 플루이드를 썼다간 일주일은 멀미를 하실걸요."

　루프 칩의 부작용은 감각계로 직접 전송되는 과다한 신호가 뇌에서 과부하를 일으켜 발생했다. 그런데 플루이드는 감각 신호 중 대부분을 차지하는 시각 정보를 과감히 생략하면서 그 문제를 피해갔다. 모그의 부모 세대 개발자들이 만든 1세대 플루이드는 모그들을 위한 감각 보조 장치로 처음 도입되었다. 모그들은 상시적 접속 상태에서, 외부의 시각 정보를 다른 감각 정보로 변환하여 전달받을 수 있었다. 방대한 양의 정보

처리는 네트워크 상에서 이루어졌다. 플루이드의
도입은 모그들의 교육 수준을 고도로 끌어올렸다.

마리는 자신이 함께하려고 했던 프로젝트가
플루이드의 다음 단계를 개발하는 일이었다고
말했다.

"우리가 발견한 건 그 이상의 가능성이었어요.
플루이드의 원리가 우리를 항상 접속 상태로 두는
것이라면, 플루이드는 사고의 도구가 될 수도
있었죠. 사실 그게 원래 루프 칩의 역할이기도
했고요. 약간의 개조를 거치자 어떤 종류의 감각을
그대로 다른 사람에게 전달할 수도 있었죠. 중간
매체를 거칠 필요가 없는 거예요."

사실 그때 나는 마리의 말을 거의 이해하지
못했다. 나중에 플루이드를 직접 경험해보기
전까지는 말이다. 내가 어릴 때 잠시 시험해보았던
루프 칩은 단순한 가상현실 인터넷에 불과했는데,
눈으로 보던 화면이 직접 머릿속에 펼쳐지는
경험만으로도 극도의 피로감을 불러일으켰다.
나는 마리가 플루이드의 가능성을 다소 과장되게
표현하고 있다고 생각했다. 물론 모그들에게는
플루이드가 중요할 것이다. 그러나 실제로는
현실의 시각 정보를 세심하게 포착하는 단계에도
이르지 못한, 아직은 개선될 필요가 있는 기술인
것처럼 보였다. 나는 마리의 이야기를 흥미롭게

김초엽

여겼지만 진지하게 생각하지는 않았다. 어쨌든 좋은 일이었다. 마리는 플루이드의 도움을 받아 스트레칭을 익혔고, 몇 가지 기초 동작을 할 줄 알게 되었으니까.

레슨 한 달째에 나는 마리로부터 갑작스러운 통보를 들었다.

"공연을 하기로 했어요."

황당한 이야기였다. 마리는 가을에 열리는 한 대규모 페스티벌의 특별 무대에 서게 되었다고 말했다. 마리의 실력을 알고 있던 나로서는 뭐라고 반응해야 할지 곤란했다. 알고 보니 페스티벌에서 무명 아티스트들에게 기회를 주기 위해 공모를 받았는데, 마리가 거기서 선정된 것이었다. 심지어 사람이 가장 많은 시간대였다. 기획자는 마리가 써낸 기획 의도에 감명을 받은 모양이었다. 마리는 제안서에 아름다움을 볼 수 없는 모그들이 어떻게 아름다움을 표현하는지 보여주고 싶다고 썼다. 그 이야기를 들으니 웃음이 나왔다.

"그 사람 너에게 속은 거네. 말만 그럴싸하고 사실은 하나도 준비된 게 없는 거잖아."

"정말 그렇게 생각하세요? 저는 어떻게든 될 거라고 생각했거든요. 훌륭한 선생님께 배우고 있잖아요."

"되긴 뭐가 돼. 초등학생 장기자랑 수준이라도 되면 다행인데."

나는 퉁명스레 말했지만 마리는 이 상황이 마냥 재미있다는 듯이 키득거렸다. 나는 마리를 보며 궁금해졌다. 아름다움을 표현하는 방식을 보여주고 싶다는 말은 진심일까.

레슨에 원래 없던 과정이 추가되었다. 마리는 자신이 참고하려는 안무가 있다며 영상을 가져왔는데, 나쁘지는 않았지만 그저 평범한 수준의 퍼포먼스였다. 우아하고 경쾌한 음악이 깔리자 어두운 무대 위로 조명이 비추어졌고, 흰색 드레스를 입은 무용수가 독무를 추기 시작했다. 나풀거리는 옷이 인상적이기는 했다. 공연이 거의 마무리될 때쯤 다른 무용수들이 등장했는데, 상대적으로 단순한 동작을 배경처럼 반복하다 끝이 났다. 내가 여전히 의문을 품은 채로 영상을 종료하자 마리가 말했다.

"빛이 번지는 모습이 마음에 들어요. 찾아본 모든 영상 중에 제일 좋았어요."

나는 내게 지극히 평범해 보이는 움직임이 어떻게 마리에게 가장 마음에 드는 춤이 될 수 있는지를 생각했다.

그전까지 나는 마리가 팔을 뻗고, 발끝을 내딛어 턴을 하고, 다시 손을 뻗어 어떤 움직임을

김초엽

그리는 것을 보면서 늘 아쉬움이 남았다. 마리는
이제 막 배우기 시작했을 뿐이니 서투른 것은
당연하지만, 그보다도 근본적인 이유가 있었다.
마리는 보여지는 아름다움을 표현하는 데에
관심이 없었다. 처음에 마리는 그것을 모른다고
선언했지만, 무지보다는 무관심이 더 적합한
표현일 것이다. 결과적으로 마리가 하는 일은
춤이라기보다 기능적인 목각인형의 움직임처럼
보였다.

마리는 섬세한 움직임이 원래부터 자신의
관심 대상이 아니라고 말했다. 애초에 모그들은
구체적인 형상을 볼 수도 느낄 수도 없으며,
플루이드가 전해주는 공간 묘사가 아니라면
마리의 눈에 나의 움직임은 단지 허공을 가로질러
가는 형체의 이동으로만 보인다고 했다. 마리의
입장에서, 거울에 비치는 자신의 동작과 나의
동작에는 그다지 유의미한 차이가 없었다.

그런데도 왜 마리는 무대에서 춤을 추려는
것일까? 단순히 자기만족과 자기 수용 감각을
느끼기 위해 춤을 추는 것과, 사람들 앞에 서서
춤을 추는 것 사이에는 간극이 있다. 심지어
마리는 그 무대를 꽤 중요하게 생각하는 것
같았다. 나는 마리에게 꼭 무대에 서고 싶다면,
다른 종류의 공연을 할 수도 있다고 말했다.

내 권유에 마리는 이미 생각해본 일이라는 듯이
대답했다.

"중학생 때 합창단에 동원된 적이 있어요. 모그
교육원을 홍보하는 행사에 필요했던 거예요. 저랑
친구들은 다들 기분이 나빴죠. 별로 하고 싶지
않아서, 연습도 대충했어요. 가사도 다 틀리고
엉망진창인 무대를 마쳤어요. 그런데 반응이
어땠는지 알아요?"

마리는 팔을 뻗어 가벼운 스트레칭을 시작했다.

"사람들이 울기 시작하는 거예요."

나는 마리가 등을 굽혀 발끝을 잡는 것을
보았다.

"사람들은 훌쩍였고, 달려 나와 우리를
껴안았고, 강당의 공기는 습해졌어요. 우리는
불편해졌고요. 그 사람들은 왜 그랬을까? 정말 누가
들어도 엉망진창인 공연을 했는데. 우리는 열다섯
살이었고, 열다섯 살은 어린 나이지만 때에 따라
탁월함을 기대받기도 하는 나이잖아요. 그날 저는
사람들이 우리에게 아무것도 기대하지 않는다는 걸
알았어요."

"그러면 춤이야말로 피해야 할 것 같은데.
사람들은 모그가 춤을 잘 출 거라고 기대하지
않을걸."

"저는 선생님과 제가 하고 있는 것이 다르다고

김초엽

생각해요. 이건 같은 춤이 아니에요. 그래서
사람들이 무엇을 기대하든 무시할 수 있어요.
어차피 그들은 제가 뭘 하는지 모르니까요."

마리는 무신경하게 말하며 팔을 뻗었다.

돌이켜보면 그 이야기를 듣고 나는 마리가
무대에 서려는 의도가 무언가 다른 것임을
짐작했어야 하는지도 모른다. 마리가 '우리'라고
표현하던 것도. 하지만 그때는 단지 마리의 말이
어떤 의미인지를 생각하기에 바빴다.

나는 마리가 공연하고자 하는 춤을 마리에게
적합하게 다듬어갔다. 크고 동적인 움직임으로
공간을 넓게 쓰도록 구성했고, 마리가 여전히
이해하지 못하는 섬세한 동작들을 줄였다. 군무
파트의 안무를 시작할 무렵에 나는 마리가 마지막
부분에서 모그 친구들을 동원하겠다던 말을
떠올렸고, 안무를 제대로 완성하려면 단체 레슨을
받는 게 좋겠다고 제안했다. 그런데 마리가 꺼낸
말은 완전히 뜻밖이었다.

"그냥 평소대로 제게 가르쳐주시면 돼요.
그걸로 충분해요."

"네가 친구들에게 가르치겠다고?"

"가르치는 건 플루이드죠. 이제 플루이드는
거의 완성 단계에 도달했어요. 자기 수용 감각을
매끄럽게 전달할 수 있어요. 공간상에서 몸의

위치에 대한 감각이요.”

이해하지 못하는 나를 향해 웃으며 마리는 자신의 목 뒤편을 가리켰다. 플루이드는 보는 도구만이 아니라던 말이 떠올랐다.

마리는 접이식 스크린을 문질렀다. 영상이 재생되기 시작했다. 마리의 모그 동료들은 나의 수업을 한 번도 들은 적이 없었지만, 내가 마리에게 가르친 춤을 추고 있었다. 섬뜩한 기분이 들었다. 감각의 연결망으로 몸의 위치에 대한 감각이 전달될 수 있다면, 아직 발견되지 않은 잠재된 가능성에는 무엇이 있을까.

마리가 여태까지 말해왔던 플루이드라는 것이 얼마나 이상한 도구인지, 상식의 틀을 벗어난 것인지 알 것 같았다. 그것이 정말로 몸의 감각까지 전달할 수 있는 연결망이라면 대체 어떻게 그런 것이 작동하는가?

마리는 새로운 감각의 도구가 궁금하지 않냐고 물었다. 자신은 플루이드의 공동 관리자이고, 나에게 접속 권한을 줄 수 있다고 말했다. 마치 물 한 잔을 권유하듯, 가벼운 제안이었다.

플루이드에 처음으로 접속하던 순간을 기억한다.

“처음부터 모든 자극을 여는 건 위험해요. 멀미를 심하게 할걸요. 정보를 제한할게요.”

김초엽

나는 마리가 건넨 루프 칩을 간이 접속기에
연결하고 눈을 감았다.

수많은 목소리. 그것이 플루이드의
첫인상이었다. 추상성을 가진 공간 속에서
사람들이 말을 하고 있었다. 분홍색, 푸른색,
연보라색의 안개가 나를 통과해갔다. 모든
방향에서 모든 사람이 말을 걸어왔다. 사람들은
그곳에 없다가 목소리를 얻는 순간에만 존재하는
것 같았다. 이제 그들은 현재 시점에 있다. 그들은
지금까지 처해왔던 어떤 구획이나 분리된 집단에
속해있지 않다. 그들은 구체적인 형체 대신,
구체적인 목소리를 갖는다.

처음에는 너무 많은 목소리가 섞여 있어서
전혀 알아들을 수 없었다. 집중한 끝에 몇
종류의 이야기를 분리해낼 수 있었다. 마리의 춤.
마리의 공연. 마리의 친구들. 드물게 의미를 아는
단어들이 들려왔다. 나는 환영 인사를 받았고,
무어라고 대답을 돌려주고 싶었지만, 그 공간에서
목소리를 내는 방법을 몰랐다.

어디선가 마리의 목소리로 "그만할게요."
말하는 것이 들렸고 공간은 모서리에서부터
일그러지기 시작했다.

마지막에 나는 무언가 이상한 이야기를
들었다. 하지만 내가 그 의미를 파악하기도 전에

그것은 마리가 제한한 감각의 벽에 막혀 곧장
흩어졌다.

"어땠어요?"

눈을 떴을 때 마리가 물었다.

"어지러워. 뭐가 뭔지 모르겠고."

"재미있지 않아요?"

"토할 것 같아."

비틀거리며 화장실로 걸어갔다. 심장이 쿵쿵
뛰고 있었다. 마리의 말이 옳았다. 새로운 감각.
새로운 소통의 방식. 그것은 단순한 가상현실
네트워크가 아니었다.

접속이 종료되기 전에 내가 먼 곳에서 들은
말의 의미를 생각했다. 그건 뭐였을까? 갑자기
쏟아져 들어오는 많은 감각 신호들 때문에 생겨난
착각일까. 머릿속이 복잡했지만 나는 그것을
잊어버리기로 했다.

○

내가 마리의 제안을 거부하지 않았고 그들의
세계에 호기심을 보였기 때문에, 마리는 어쩌면
나를 그쪽으로 끌어들일 수 있다고 생각한 것
같다. 플루이드에 처음 접속한 이후로 마리는 줄곧
의미심장한 이야기를 꺼내곤 했다.

"어떤 사람들은 모그가 되기를 선택하기도

해요. 전환은 간단하거든요. 의학적인 용어로는
감염이라고 부르지만, 간단한 캡슐 하나만으로도
시지각 이상증을 경험할 수 있죠. 다회
복용으로는 후천적으로 모그가 될 수 있어요."

"이상한 사람들이네."

마리는 내 대답을 듣더니 항의하듯 말했다.

"편협한 생각이에요. 저는 그 사람들의 마음을
이해해요. 보통은 플루이드를 우연히 경험한
사람들, 모그의 가족이나 친구들이 전환을
고민해요. 플루이드는 모그가 된다는 게 결핍이
아니라는 걸 알려줘요. 변화인 거죠. 어쩌면
진보일 수도 있어요."

나는 마리를 이해할 수 없었다. 모그가 결핍이
아니라는 주장도 이해할 수 없었다. 하지만 나는
마리가 보여주는 어떤 세계를 들여다보는 것이
좋았다. 그 세계는 내가 알지 못했던 목소리들로
가득 차 있었다. 나는 새로운 감각에 목말라
있었다.

논쟁 끝에 마리는 언제나 웃으며 말했다.

"그럼 시작할까요."

마리를 가르치는 일은 정확히 그런 종류의
새로운 감각을 발견하는 일이었다. 사방이
거울이었지만 거울을 보는 것은 나뿐이었다.
마리는 모든 동작을 공간상에서의 위치 변화로

인식했다. 마리에게 춤은 손을 허공에 펼치고 팔을
부드럽게 움직여 회전하는 것이 아니라, 어떤
위치에 있던 추상적인 물체가 직선으로 이동했다가
뚝 떨어져 다른 곳에 존재하게 되는 과정이었다.
마리가 나에게 자신의 감각을 설명할 때 내가
그것을 전혀 이해할 수 없던 것처럼, 마리 역시
나의 반복된 설명을 이해하지 못했다. 나는 단지 그
공간상의 위치 감각이 전달되기를 바라며 계속해서
같은 동작을 보여주었다.

　　마리와 함께 있으면 가끔 나는 눈을 가리고 춤을
추는 것 같았다. 그럴 때 움직임은 표현되는 것이
아니라 내재된 것이었다. 근육 속에, 피부의 표면
아래, 혈관 속에. 마리와 춤을 출 때 나는 구체성의
세계로부터 자유로웠다.

　　하지만 그 벅차오르는 감각 속에서도 언뜻
느꼈던 위화감을 기억한다. 한번은 마리가 전환
캡슐을 연습실에 가져온 적이 있다. 마리는 그저
이런 것이 정말로 있다고 나에게 보여주려는
목적인 것 같았지만, 나는 마리가 다시 가방에
넣어 둔 그것이 무척 신경 쓰였다. 대체 어떤
사람들이 왜 저 캡슐을 쓰는 것일까? 정말로 마리의
말대로 자진해서 모그가 되거나, 모그의 감각을
경험하려는 사람들이 있는 걸까. 그날 레슨을 하는
내내 마리의 가방을 흘끗거렸다. 마리가 내 시선을

눈치챘는지는 모르겠다. 그것은 마치 불안하게 봉인된 독약처럼 느껴졌다.

무언가 이상한 일이 일어나고 있다는 직감은 공연 날이 다가올수록 확고해졌다. 마리는 더는 내 도움을 필요로 하지 않는 것 같았다. 대신 내가 이해할 수 없는 방식으로, 플루이드를 사용해 모그 동료들과 논의하는 시간이 점점 길어졌다. 아주 가끔씩만 마리는 내 조언을 구했다. 그럴 때 나는 마리가 신경 쓰는 것이 안무의 완성도가 아님을 느꼈다. 마리에게는 단지 무대에 서는 것이 중요했다. 하지만 무엇을 위해서?

플루이드를 경험한 이후로 나는 자주 꿈을 꾸었다. 목소리의 파편들이 나를 때리듯이 스쳐 지나갔다. 내가 경험한 아주 제한된 형태의 플루이드는 나에게 일종의 흉터를 남긴 것 같았다. 만약 감각의 제한이 풀려난다면, 내가 모그들이 느끼는 방식으로 플루이드에 접속한다면 나는 그곳에서 무엇을 볼지 알고 싶었다.

아마도 수많은 감각이 있을 것이다. 그들에게 그다지 의미를 갖지 않는 시각 정보를 제외한 모든 감각이 있을 것이다. 그리고 그중 하나는⋯

마리는 플루이드가 거의 완성되었다고 했다. 플루이드를 완성하기 위한 마지막 감각은 무엇이었을까.

접속이 끊기기 전 내가 들은 말이 무엇이었는지 알 것 같았다. 마리가 나에게 보여준 것은 매우 제한적인 대화들이었다. 하지만 그사이에 무언가가 끼어들었다. 내가 들어서는 안 되는, 오직 그들의 세계에만 속한 대화 일부가.

나는 가방을 뒤집어 루프 칩을 찾았다. 마리에게 받아낸 개조 루프 칩이 잡동사니 사이에 아무렇게나 끼어 있었다.

이번에는 간이 접속이 아니었다. 내가 플루이드에 접속했을 때 관리 권한을 가진 마리는 곧장 그것을 알아차렸을 것이다. 하지만 접속이 강제로 끊기기 전에 그곳에서 흘러넘치던 목소리들이 먼저 내 머릿속으로 들어왔다.

모그들은 플루이드의 완성에 관해 말하고 있었다.
모그들은 새로운 세상에 관해 말하고 있었다.
모그들은 모그들에 관해 말하고 있었다.
모그들은 더 많은 모그들에 관해 말하고 있었다.
모그들은 …에 관해 …하고 있었다.

의견들은 일치하지 않았다. 충돌하는 목소리들이 부딪혔다. 파편을 맞은 듯한 통증을 느꼈다. 대화의 단편들이 쏟아져 들어왔다. 나는 그들이 치열하게 논쟁하는 것을 보았다.

그리고 나는 마리가 무대에서 보이려고 하는 것이 단순한 춤이 아님을 깨달았다. 마리는 아주 위험한 일을 준비하고 있었다.

세부 사항은 알 수 없었다. 나는 모그들과 달리 이런 형태의 소통에 익숙하지 않았다. 순간 마리가 왜 자신들의 소통 방식을 더 진보한 것으로 여기는지 알 것 같았다. 공간 속에서 모든 목소리가 동등한 무게를 가지고 충돌하고 있었다. 그들이 불필요한 감각 정보를 버리고 추상의 세계에 뛰어들었을 때, 나는 눈을 감고도 여전히 시각 정보를 기다리는 불완전한 존재였다. 아무리 집중해도 그 이상의 정보를 얻을 수 없었다. 그들은 무엇을 하려고 하는가.

하지만 앞으로 어떤 일이 일어날지를 예측하는 데에는 충분했다. 접속이 끊겼고, 눈을 떴을 때는 자정이었다.

마리에게서 온 전화가 울렸다. 나는 받지 않았다. 마리를 직접 대면하고 말해야 했다. 대면이라는 게 이제 그 애에게 더 이상 무슨 의미가 있는지는 모르겠지만.

다음날 마주한 마리는 한숨도 잠들지 못한 것처럼 보였다.

"네가 무슨 일을 하려고 하는지 알아."

"눈치챌 거라고 생각했어요. 방해하지 마세요."

"왜 그렇게 과격한 방식을 고집하는 거야?"

"그러지 않으면 아무도 변하지 않을 테니까요."

"일방적으로 변하는 게 무슨 의미가 있겠어?"

"어떻게 그런 말을 해요? 지금까지 이 세계에 맞추려고 노력한 건 우리 모그들이에요. 당신들이 아니고요."

"난 네가 적어도 이 수업에는 진심이라고 생각했어. 그런데 그게 전부 그 끔찍한 계획을 완성하기 위한 준비단계에 불과했다고?"

나는 어른답게 굴지 않았고, 마치 배신당한 어린아이처럼 행동했다. 마리에게 느끼는 분노를 쏟아냈다. 마리와 내가 한순간 공유했던 모든 것이 단지 환상에 불과했다는 생각이 들었다.

"선생님. 저를 만나기 전에 다른 모그를 본 적 있어요?"

"아니."

"왜 그런 거라고 생각해요?"

나는 말문이 막혔다.

"선생님도 이걸 경험하고 나서야 저를 이해했잖아요."

그렇지 않았다. 내가 이해했다고 생각한 것은 사실 아무것도 아니었다. 춤도, 움직임도, 내재된

김초엽

아름다움도, 마리에게는 중요하지 않았다.

"수업은 그만하자."

마리는 단지 감각을 추출하고 있을 뿐이었다.
플루이드를 완성하기 위해. 그리고 사람들을
전환시키기 위해.

"이제 필요 없잖아."

순간 마리가 아주 상처받은 표정을 지었다고
생각했다. 하지만 다음에 그건 나의 착각임을,
내가 마리에게서 그런 여러 감정을 읽어내기를
바랐을 뿐임을 깨달았다. 마리는 내가 웃고
있는지 울고 있는지 파악할 수 없다. 마리는
이해하려고 하지도 않는다. 마리에게는 그저
그들의 견고하고 유연한 세계가 있을 뿐이다.

마리는 문 앞에서 나를 불렀다.

"가지 마세요."

마리에게는 내가 필요하지 않았다. 수업은
끝났다. 나는 마리를 설득하지 못했고, 마리가
하고자 하는 일에 더 이상 내 개입은 필요 없었다.

나는 연습실을 나오면서 테두리에서 약간
밀려난 기분을 느꼈다. 내가 단 한 번도 속한
적 없는 그 세계에서. 그것은 아주 이상한
느낌이었다.

○

익명의 제보를 남겼지만 누구도 내 제보를
진지하게 받아들이지 않았다. 모그들이 그런 일을
꾸민다고요? 혹시 인터넷에서 이상한 음모론을
보신 건 아니죠? 그런 반응이 돌아왔고 나에게는
증거가 없었다. 내가 플루이드에서 보았던 것은,
다른 방식의 감각으로는 전달될 수 없는 것이었다.
만약 방법이 있다고 해도 나는 그것을 어떻게
설명해야 몰랐다. 내가 보고 들었던 것들은 오직
나의 기억 속에만 있었다. 그들은 자신들만이
소유할 수 있는 정보의 형식이 있었다.

나는 그날 무대에 가지 않았다. 마리가 할 일을
알고 있었고, 그것이 두려웠다. 그런데 나는 마리의
일을 방해해야겠다는 결론에는 도달하지 않았다.
이제야 할 수 있는 이야기인데, 나는 내가 아주 짧은
순간 경험했던 것들을 다른 사람들도 경험할지
알고 싶었던 것 같다. 나중에 그 방임 때문에 수사
대상이 되었고 마리의 공연을 도왔다는 의심을
받게 되었지만, 만약 돌아가더라도 나는 마리를
적극적으로 막지 않았을 것이다.

이상한 말처럼 들릴지 모르지만, 나는 마리에게
그렇게 할 권리가 있었다고 생각한다.

그날 모든 사람이 알고 있는 바로 그 사건이
일어났다.

148   김초엽

페스티벌을 보기 위해 무대 앞에 선 수천 명의 사람에게 전환 물질이 담긴 안개가 흩뿌려졌다. 무대 특수효과라고 생각했던 사람들은 안개 속에서 의심 없이 숨을 들이쉬었고, 다음 순간 세계가 무너지는 경험을 했다. 사람들은 비명을 질렀다. 사람들은 분노했고 어디로 가야 할지 몰랐다. 사람들은 무엇으로부터 도망치는지도 모르면서 어디론가 도망쳤다. 많은 사람이 시지각 이상증을 얻었다. 혼란 속에서 마리는 어디론가 사라졌다.

같은 시각에 모그들은 거리로 나왔다. 어떤 모그들은 사람들이 많이 오가는 거리에서 마리와 같은 행동을 했다. 하지만 많은 이들은 그저 거리에 우뚝 서 있기만 했다.

마리는 수많은 논쟁을 남기고 떠났다.

사람들은 마리를 용서할 수 없다고 말했다. 수많은 사람이 시지각 이상증으로 괴로워했다. 증상은 일시적이었지만, 트라우마를 남겼다. 어떤 사람들은 그 경험 이후로 모그들을 이전보다 더 증오하기 시작했고, 어떤 사람들은 비로소 모그들을 이해한다고 말했다.

그리고 어떤 사람들은 치료를 받지 않은 채 계속 모그로 살아가기를 선택했다. 논쟁적인 선택은 모그에 관한 다른 논쟁들을 이끌어냈다.

사람들은 모그들의 존재를 갑작스레 알아차렸고, 그 사실에 놀랐다. 하지만 일단 알게 된 이후로는 돌이킬 수 없었다.

사라지기 직전에 마리는 나에게 마지막 메시지를 보내왔다.

[그간 고마웠어요.]

나는 답을 보내지 않았다. 그 이후 1년도 넘게 수사팀에게 시달린 것을 생각해보면, 그냥 마리에게 작별 인사를 해야 했다는 생각을 한다. 한편으로는 마리가 정말로 내 답장을 기다리지는 않았을 것이라고도 생각한다.

사건 직후 플루이드 서버는 문을 닫았다. 며칠 지나지 않아 개별적으로 조직된 플루이드 그룹이 수백 개가 생겨났다. 그룹과 그룹을 연결하는 또 다른 연결망이 개설되었다. 이제 중심이 되는 곳은 없었다. 대신 모그들은 파편화된 세계에 자유롭게 속하게 되었다.

나는 아직도 가끔 플루이드의 꿈을 꾼다. 그곳에서 사람들은 여전히 목소리로 존재한다. 나는 제한된 감각을 가졌다. 나는 모그들이 하는 것만큼 풍부하게 그 세계를 감각할 수 없다. 제한된 감각으로, 애써 세계의 표면을 더듬어보려고 노력한다.

나는 플루이드가 완벽한 공간이라고

김초엽

생각하지는 않는다. 하지만 그것은 우리가 취할 수도 있었던 어떤 소통의 형태였다고 생각한다.

이제 마지막 이야기를 할 때가 되었다. 며칠 전 나는 익명의 누군가에게서 메시지를 받았는데, 그는 자신이 마리의 무대를 지켜보았던 또 다른 모그라고 했다. 우리는 카페에서 만나서 이야기를 나누었다.

그는 플루이드를 통해 마리가 그날 무슨 일을 할지 알고 있었다. 그는 마리의 계획에 찬성하지 않았다. 마리의 행동으로 인해 누군가가 죽거나 크게 다칠까 봐 걱정이 되었다고 한다. 모그들 사이에서도 마리의 퍼포먼스에 관한 의견은 무척 다양했고 각자 달랐다. 그중에서 그는 온건한 타협을 택한 사람이었다. 그는 마리의 공연이 진행되는 동안 무대 옆에서 기다렸고, 당황한 사람들이 정신없이 빠져나갈 때 인파에 깔려 쓰러진 사람들을 도왔다. 그는 사람들에게 일시적 시지각 이상증을 치료하는 방법을 알렸다. 그는 마리의 행동이 부적절했다고, 지금도 결코 마리와 같은 방식에는 동의할 수 없다고 말했나. 하지만 그가 무대에서 보았던 것은 단지 사건의 전초 단계만은 아니었다고 그는 회상했다.

그래도 당신이 와줬다면 마리는 기뻐했을 텐데요.

그런 말로 운을 떼면서 그는 자신이 본 것을 이야기해주었다. 마리는 그 무대 위에서 정말로 춤을 추었다고 한다. 그게 마리의 변덕인지, 아니면 사람들의 시선을 붙잡아 자리를 떠나지 않게 하려는 목적이었는지, 그것도 아닌 다른 의도가 있었는지 알 수는 없다. 그렇지만 분명한 건 춤의 어떤 부분들은 플루이드와 아무 상관이 없었다는 것이다. 적어도 어떤 순간에 마리는 진심으로 춤을 추는 것처럼 보였다고 그는 말했다.

당신에 관한 기사를 읽고 그 이야기를 해주고 싶었어요.

그는 어딘가 먼 곳에서 마리가 잘 지내고 있으리라고 추측한다고 했다. 그는 언젠가 소식을 들으면 연락하겠다며 일어섰다.

나는 자리를 떠날 수 없었다.

창밖의 해가 천천히 기울며 다른 색의 빛줄기를 탁자 위로 비추었다. 빛은 얼마나 상대적인 것일까?

나는 어딘가에서 춤을 추고 있을 마리를 생각했다.

마리는 여전히 목각인형처럼 춤을 출 것이다. 그러나 보여지는 것은 이제 누구에게도 중요하지 않을 것이다.

파편들 속에서 모든 감각이 선명해지기 시작했다. 나는 수많은 목소리를 들었다. 마리가

김초엽

이곳에 남긴, 어느 하나도 결코 같지 않은
목소리들을.

박솔뫼   광장

박솔뫼

2009년 자음과모음신인문학상을 받으며 작품 활동을
시작했다. 소설집『사랑하는 개』,『겨울의 눈빛』,
『그럼 무얼 부르지』, 장편소설『인터내셔널의 밤』,
『머리부터 천천히』,『도시의 시간』,『백행을 쓰고 싶다』
등이 있다.

운동장을 뛰다 보면 농구하는 사람들을 만나게
되는데 네다섯 명이서 늘 몸을 부딪치며 농구를
하고 있었다. 그 사람들이 늘 같은 사람들인 것
같지는 않았다. 나는 그냥 농구하는 사람들이라고
생각했다. 내가 아는 사람 중에서도 농구하는
사람이 있는데 그 사람은 10년 넘게 동네인
의정부 어딘가에서 동네 아이들과 청년들과
농구를 하고 있다. 고등학생들은 크고 자라서 또
다른 새로운 아이들에게 농구와 농구하는 예의를
가르쳤다. 그 사람과 이야기를 하다 농구에 관해
여러 이야기를 들었다. 나는 농구를 잘 몰라서
누군가 오고 배우고 시간이 지나고 그런 식으로
받아들였고 그 사람은 자기가 동네 아저씨라고
했다. 달리기를 하면 이런저런 생각을 하게 돼서
좋은데 나의 문제들을 생각하다가 농구하는
사람들을 보며 의정부의 내가 아는 그 사람은
오늘도 농구를 할 수도 있겠네 하는 생각을 했다.
그런 식으로 여러 생각들을 하고 어쩌다 운이
좋으면 새로운 길이 보이기도 했다. 며칠 전에는
최인훈의 『광장』을 읽었는데 소설에는 생각보다
광장이 많이 나오지 않았다. 사람들이 오가는
장소로는 아예 나오지 않았다고 해야 하나.
실제로 사람들이 광장에 나오게 될 것이라고
생각했다. 광장을 오가며 광장은 이런 곳이고

이런 곳을 나는… 이런 장면이 자주 나올 것이라고 생각한 것이다. 하지만 그런 것은 아니었다. 소설에서 가장 인상적인 점은 주인공이 아버지 친구의 집에서 산다는 점이었다. 크게 없혀살거나 구박받는 느낌도 없이 주인공은 어쩐지 오만한 느낌으로 아버지의 친구 집에서 산다. 옛날에는 먼 친척 집에서도 다 학교 다니고 그랬어요 그게 드문 일이 아니에요. 고등학교 때 선생님이 그런 이야기를 한 적이 있었다. 어릴 때 자신의 집에서 살던 먼 친척 대학생 형에 관해 이야기하다 나온 말이었다. 그리고 이명준의 애인도 아무렇지 않게 그에게 자신의 집에 와서 살라고 한다. 그러자 주인공은 그럴까 하며 다음날 바로 여자의 집으로 거처를 옮긴다.

농구하는 사람은 근방에 어디 농구 코트가 있는지를 알고 있었는데 머릿속에 구글 맵 같은 것이 펼쳐지고 있겠지 농구 코트에 핀이 꽂힌 지도가 펼쳐지고 서로 몰라도 농구공이 있으면 적당히 인사하고 나는 잘 모르지만 농구하는 사람들끼리의 예의를 갖추며 공을 던지는 것 같았다. 그 이야기를 들은 것도 5년쯤 된 이야기인가 생각보다 오래된 이야기는 아니었다. 나는 늘 운동장에서만 뛰어서 러너의 예의라는

　　　　　　박솔뫼

것을 배울 기회가 없었네. 길에서 뛸 때는 눈에 띄는 옷을 입고 걷는 사람 주변에서는 속도를 낮추거나 그런 것이 있겠지. 혼자서 이상한 연대기를 그리고 있었는데 1960년 4·19 혁명은 일본에서 살고 있는 재일교포 동포들에게도 충격과 희망을 주었다고 한다. 그것은 이승만이 물러나고 어쩌면 북과 대화가 전개되어 조국 통일의 시작이 될지도 모른다는 그런 희망이었다. 4·19 혁명에 크게 자극과 영향을 받았다는 발언은 일본 학생운동가들에게서도 찾아볼 수 있었다. 학생들이 주축이 되어 대통령을 몰아냈다는 것이 대단하다고 느끼는 것과 동시에 우리도 그것이 가능할지 모른다라는 생각을 하게 하였다는 것이었다.『광장』발표 당시 최인훈의 작가의 말은 4·19에 관해 그가 어떤 생각을 하였는지 확인할 수 있는 글이다. 다시 옮길 필요가 없을 정도로 유명한 글이지만 다시 읽어보아도 전에 없고 후에도 없을 것 같은 야심이 느껴져서 읽고 나면 기분이 상쾌해진다.

— 아시아적 전제의 의자를 타고 앉아서 민중에겐 서구적 자유의 풍문만 들려줄 뿐, 그 자유를 '사는 것'을 허락지 않았던 구정권 하에서라면 이런 소재가 아무리 구미에 당기더라도 감히 다루지

못하리라는 걸 생각하면 저 빛나는 4월이 가져온
새 공화국에 사는 작가의 보람을 느낀다.

『광장』의 이명준은 아마도 1948년경 북한으로
밀항한다. 시인 김시종은 제주 4·3 항쟁의 영향으로
목숨에 위험을 느끼는 상황에 처하고 그의
가족들은 조심스럽게 그의 밀항을 준비하고 그에게
일본으로 가기를 권한다. 그렇게 그는 일본으로
밀항을 하게 된다. 재일교포 북송선은 그로부터
10여 년 후 니가타항을 출발한다. 김시종은
제주에서 사람들이 죽어가는 상황에서 오사카로
향하고 내가 가는 곳이 오사카라는 곳이다 나는
오사카에 도착한다. 그러나 밀항 후 그가 물어물어
내린 역 이름은 우메다였고 우메다가 오사카라는
것을 나중에는 알게 되지만 당시에 그는 어찌할
바를 모른다. 그리고 그는 무엇을 했더라 아무튼
그는 누군가의 도움을 받았던 것 같다. 그리고
살고 시를 쓴다. 김시종처럼 제주 4·3 항쟁을
피해, 혹은 그 여파로 밀항을 한 제주도 사람들이
당시에는 많았을 것이다. 하지만 그 이후에는 앞서
뿌리내린 제주도 사람들의 가족들이 이어서 밀항을
하였다는 의견도 있다. 1967년부터 1985년까지
일본에서 검거된 밀항자의 출신지별 분포를 보면
제주도 출신은 1968년부터는 80퍼센트 이상으로

박솔뫼

집계된다.* 제주도가 상대적으로 일본과 가깝기 때문에 지리적인 이유 때문이라고 생각할 수도 있지만 제주 출신 밀항자들이 밀항을 하는 곳은 대개 제주가 아닌 부산이다.

이명준은 광장에 나가지를 않는데 어디를 광장이라고 부른 것일까. 광화문광장일까 시청 광장일까. 당시의 서울은 지금보다 작아서 서울에서 사는 사람들이 생각하는 서울의 범위 그 안에서 어디를 광장이라고 하였을까 생각했다. 물론 그는 그런 식으로 생각을 하지 않았을 것이다. 그는 그런 방식으로 움직이는 사람은 아닌 것이다. 지금의 서울 사람들도 광장을 어디라고 구체적으로 그리는지는 잘 모르겠다. 광장이라는 공을 더듬기만 하면 되는 건가. 더듬으며 이런 감촉이라고 이런 크기라고 생각해보면 될까. 그런데 어디를 광장이라고 해야 할지. 천안문 정도를 이웃으로 두고 매일같이 오가야 광장이라는 것을 이해할 수 있을 것이다. 무척 넓고 사람이 오간다. 많은 사람이 지나가고 누군가는 올라서서 큰 소리로 말을 한다.

* 권혁태 외 엮음, 『주권의 야만: 밀항, 수용소, 재일조선인』, 한울, 2017.

광장

공을 던지세요.

그렇게 던지면 안 되죠.

보통 잘 못 던지는 사람이 그렇게 던지는데.

제대로 던져보세요.

그때 던진 것은 농구공이 아니라 야구공이었는데
아무튼 우리는 농구 이야기를 하였다. 농구공을
들고 다니는 것은 귀찮을 것이다. 일단 크잖아.
그리고 가져와도 골대가 있어야 하고 나는 공을
넣지 못할 것이다. 야구공으로는 캐치볼을 할 수
있잖아요. 우리는 야구공을 주고받으며 걸었다.
그것도 쉽고 자연스럽지는 않았지만 그래도
우리는 주고받으며 걸었다. 책 이야기를 많이
하였는데 그런 것은 잘 기억이 안 나고 갑자기 내가
겪고 있는 문제를 털어놓았던 기억이 난다. 뭐라
설명해야 할지 모르겠지만 제가 요즘 피하고 있는
사람이 있어요. 가끔 그 사람을 마주치는 악몽을 꿀
때가 있어요.

광장뿐이 아니라 구체적으로 어디를 가고 뭐를
먹는다 같은 이야기를 이명준은 잘 하지 않는다.
밀항을 하러 가도 북에 가도 이후에 중립국을 택한
자들을 태운 배 안에서도 그가 먹고 입고 보는
것은 잘 드러나지 않는데 너는 무얼 먹지 아버지

친구는 무얼 먹지 아버지 친구의 아들은 무얼
먹지. 그 사람들은 뭐든 잘 먹을 것 같기는 했다.
나도 대체로 잘 먹는다. 그래서 무얼 먹고 마시는
이야기가 좋았다. 그리고 잘 걷는다. 그러다 가끔
뛰고 뛰다 보면 농구하는 사람들을 마주치고
축구하는 사람들을 마주치고 천천히 걷는 사람
맨손 운동을 하는 사람 우리는 모두 잠깐씩 스쳐
지나간다.

1968년 2월 20일 권희로는 시즈오카에서 빚을
독촉하던 야쿠자 두 명을 죽이고 도주하다
료칸에서 인질극을 벌인다. 그의 인질극은
일본에서는 최초의 극장형 범죄로 불리기도
하였다. 그는 벽에 그의 심경과 함께 폐를
끼쳐 죄송하다고 썼다. 총을 들고 그 벽 앞에
서 있었다. 그의 말과 벽에 쓴 글은 뉴스로
보도되었다. 그는 경찰관의 재일조선인 차별을
고발하고자 인질극을 벌이고 있다고 발표했다.
사건이 보도되고 현장을 보러 모인 이들 중에는
영화감독 아다치 마사오와 영화평론가 마쓰다
마사오가 있었다. 영화감독이자 시나리오 작가인
아다치 마사오는 이듬해인 1969년 훔친 권총으로
네 명의 사람을 죽인 권총 연속 사살 사건의
범인 나가야마 노리오를 다룬 영화 「약칭 연속

사살마」를 만든다. 그들은 권희로와 그를 둘러싼
보도 등을 보고 이를 어떻게 다루어야 하는가
자신들과 권희로의 위치와 그를 지지한다는 것도
어쩌면 재일 조선인인 그의 싸움에 주제넘은
의견인지도 모른다는 생각을 한다. 나가야마
노리오는 홋카이도에서 태어나 10대 초반부터
가출을 일삼고 도쿄 오사카 등에서 일을 하고
관두기를 반복하고 두 번이나 밀항을 시도하였으나
실패하여 일본으로 다시 돌려보내진다.
돌려보내진다는 것은 환송이라고 부를 수 있다.
그런데 언뜻 듣기에 그것은 무척 좋은 일처럼
느껴진다. 환영하고 환대하는 것 같은? 물론 그런
뜻은 아니지만. 아무튼 그는 여러 곳을 이동하였다.

아바시리시 외부 — 아바시리 시내 — 이타야나기
— (가출) — 히로사키 — 아오모리 — 하코다테
— 이타야나키 — (가출) — 야마가타 — 후쿠시마
— 이타야나기 — (집단 취직을 위해 상경)
도쿄/시부야 — (퇴직/밀항) — 요코하마 —
나고야 — 홍콩 — 요코하마 — 오야마 (시즈오카)
— (취직) — 우쓰노미야 — (이하 전전) —
오사카 — 모리구치 — 도쿄 / 하네다 — 가와사키
— 요코즈카 — 가와사키 — 도쿄/요도바시
및 히가시나카노 — 이케부쿠로 — 스가모 —

박솔뫼

오다와라 — 아타미 — 나고야 — 오사카 —
고베 — (밀항) — 요코하마 — 도쿄/네리마 —
니시오기쿠보 및 히가시나카노 — 이타야나기 —
도쿄 — 나가노 — 요코즈카 — 도쿄/이케부쿠로
— (이하 전전) — 시바 — 교토 — 요코하마
— 도쿄/이케부쿠로 — 하코다테 — 오타루
— 삿포로 — 하코다테 — 나고야 — 요코하마
— 도쿄 / 신주쿠 및 나카노 — 요코하마 —
도쿄 / 신주쿠

권희로가 폐를 끼쳐서 죄송하다고 쓴 벽 앞에
있는 사진을 보다가 이 사람은 무슨 생각으로 쓴
것일까 이 사람은 자신이 어떻게 보이는가를 잘
아는 것일지도 모른다는 생각을 했다. 가끔 나는
친하지 않은 사람들에게 그러나 내가 좋아하는
사람들에게 폐를 끼치고 싶다고 생각한다. 저를
위해 무언가를 한순간 포기해주십시오. 저의
고민을 떠안아주십시오. 나 역시 아주 가끔
누군가의 불덩어리를 삼키고 싶다는 생각을
하기도 한다. 물론 곧 사라지는 생각이다. 그
때문에 나는 한동안 먼 곳으로 가야 할지도
모르고 누군가를 다시는 만나지 못할지도 모르고
그러나 그것을 어두운 마음 없이 받아들인다.
달리기를 하다 가끔 그런 생각을 하는데 걸을

때는 그런 생각이 더 자주 든다. 달릴 때는 그런 생각을 하다가도 힘이 들어서 아무 생각이 안 들 때가 더 많다. 하지만 갑자기 걸음을 멈추고 3년 동안 캐치볼을 해서는 안 돼요. 저는 미안하지 않습니다. 저는 당신에게 폐를 끼쳤습니다. 당신은 내가 헝클어뜨리고 부서뜨린 당신의 부분을 받아들이세요. 우리 서로 폐를 끼치는 사이가 됩시다.

공을 진짜 한 번도 안 던져본 사람처럼
던지시네요.
진짜 안 던져봤어요. 한 번도는 아니지만.
던지면 낫죠.
나아지나?
던지면 나아지죠.
시간이 많이 걸리나?
나아지죠 암튼.

우리는 야구공을 주고받으며 야구공의 감촉을 처음으로 배우며 이런 것이었다고 익히며 농구공 이야기를 하였다. 농구하는 사람과는 최인훈 이야기를 한 적은 없는데 사실 누구와 최인훈 이야기를 할 것인가. 누구와도 최인훈 이야기를 하게 될 것 같지는 않은데…라고 생각하다가 그게

아니지라고 말하듯이 떠오르는 몇 개의 이름들을
생각했다. 농구하는 사람과도 최인훈의 이야기는
할 수 있다. 그는 이런 소설도 있고 또 이런 것이
있고 어떤 의미가 있다고 나에게 말해줄 것이다.

벽에 하고 싶은 말을 쓰던 권희로는 옥중에서도
편지를 쓰고 감옥을 나와서도 책을 낸다. 내가
그의 이름을 알게 된 것은 그가 석방된 후
발간된 책을 어딘가의 책꽂이에서 보게 된 것이
시작이었다. 벽이 종이가 된 것 같은 기분이
든다. 권희로가 밀항을 한 것은 아니지만 곰곰이
생각해보면 그는 배를 타고 일본으로 온 이들의
자손인 것이다. 권희로의 나이를 생각하면 그의
부모가 밀항을 했을 것 같지는 않고 일본으로
배를 타고 이동을 했다고 설명을 하는 것이 맞을
것이다. 밀항이라는 말도 생각해보면 생소한
개념처럼 여겨졌는데 일제강점기에는 그것이
밀항이 아니었고 한국이라는 국가가 생기면서
밀항으로 규정이 된 것이라고 이해해도 될지
모른다. 배를 타고 바다를 건너 다른 곳으로
가는 행위가 국가의 성립에 따라 다르게 분류가
되는 것이다. 물론 허가의 유무라는 것이 중요한
요건이기는 하지만 말이다. 그리고 시간이 지나
밀항은 점점 줄고 사람들은 유학을 가거나

이민이라는 것을 하게 될 것이다. 그런 생각을 하면 말을 손으로 만져보는 느낌이 들었다. 최인훈은 『광장』을 여덟 번이나 개작한 것으로 유명한데 그 사실로 보아도 『광장』을 최인훈만큼 사랑한 사람은 없을 테지만 누군가 이 작품에 사로잡힌 누군가는 최인훈의 개작을 매번 쫓으면서도 집에서 혼자 중립국으로 간 이명준은…으로 시작하는 소설을 열심히 쓸 것이라는 생각을 했다. 이명준은 배에서 내려 자신이 택한 미래가 이런 것이었는지 자문하였다. 그리고 왠지 중립국에서도 이명준은 여자를 만나게 될 것이다. 그 여자를 생각할 때면 남에서의 윤애와 북에서의 은혜를 떠올리게 될 것이다. 소설을 쓰는 사람은 소설에서의 윤애와 달리, 적극적으로 자신을 내던지고 이명준을 끌어안은 윤애를 지어내 쓸지도 몰라. 이명준은 윤애가 자신을 열린 마음으로 받아들였다면 자신이 북으로 가지 않았을지도 모른다고 생각하기 때문이다. 이내 그것이 틀렸다는 것을 인정하면서도 말이다. 그렇다면 이명준은 북으로 가지 않고 혹은 그랬기에 이명준은 북으로 간다.

농구를 하는 사람이 농구만 하는 것일까. 농구를 하는 사람은 자전거도 타고 오래 걸을 것이다. 여러 가지를 하는 농구를 하는 사람. 나는 농구를

박솔뫼

하는 사람에게 피하고 싶은 사람과 상황에 관해
어렵게 털어놓았고 그는 진지하게 나의 이야기를
들어주었다. 그가 나의 감정에 깊이 공감해주었던
것이 기억이 나는데 그런데 그가 뭐라고 조언을
해주었는지는 금세 잊어버렸다. 어쩔 수 없는
일이라고 했을까. 아무튼 이명준이 중립국으로
가는 배에서 어떤 생각을 하는지는 우리는 자세히
알 수 있지만 그가 북으로 가는 배를 타고 가는
장면은 잘 드러나지 않는데 왜 어떤 것은 자세히
쓰지 않고 어떤 것은 넘치도록 쓰는 것일까. 나는
무언가 타고 가는 것이 좋아서 이명준을 자꾸만
태우고 내리고 다시 태울 것 같다는 생각을 잠시
했지만 나와 이명준은 어떤 사이로도 만날 것
같지 않다. 나는 무언가를 타고 내리는 것과
지문을 등록해야 하는 상황이나 여권을 내밀어야
하는 때 검사를 받고 적합한 국민인지 비국민인지
안전한 외국인인지 추방해야 할 외국인인지를
판단하는 판단 당하는 순간들에 관해 자주
생각해왔고 나는 이명준과 만날 리 없지만 만난다
해도 그는 나를 거절하고 뒤돌아서 책을 읽습니다
그러나 만난다고 치는 상황에서 그는 배를 타고
배 안은 어떤 사람 1이 있고 다른 사람 2가 3이
있고 주머니의 땅콩을 먹고 무언가를 탄 상황을
장황하게 말을 하고 또 한다.

어제는 나의 왼쪽으로 바다가 있다는 것을
의식하며 걸었다. 바닷바람이 느껴졌고 커다란
바람이 불어왔고 옅은 미역 냄새가 났다. 걸으며
여기가 어디인지 알지만 정말로 어디인지는
모르겠다는 생각을 했다. 평소에는 지하철 노선을
따라 걷는데 중간중간 나타나는 가게들이 아니면
여기가 어딘지를 가늠할 수 없을 것이다. 무엇을
통해서 거기로 가지? 나는 오래오래 걸었고 가끔
걸음이 너무 가벼워서 영원히 걸을 수 있을 것 같은
기분이 된다. 제주인의 일본으로의 밀항에 관해
읽다가 자식 여럿 가족 여럿을 밀항시키기 위해
수십 번을 일본과 한국 사이를 오갔던 한 아버지에
관해 읽었다. 글에서 주로 다루고 있는 것은 그의
자식의 밀항 경험이었으나 그의 증언에서 그의
아버지가 모든 자식들에게도 그렇게 하였다는
것을 알 수 있었고 세 번의 밀항 시도 끝에 성공한
그의 경험을 미루어 밀항을 계획한 그의 아버지가
얼마나 자주 일본과 한국 사이를 오갔을지
매번 어떤 고생을 하였을지 잠시 헤아려보았다.
한편 우리가 읽는 그 시대 사람들의 글은 어떤
일이라도 받아들이고 해내는 사람들의 이야기처럼
느껴지기도 하였다. 상황을 받아들이고 아이들을
일본으로 가는 배에 타게 하고 친구의 친척의
동생에게 자신의 딸을 데려오라고 부탁하고 외국인

박솔뫼

등록 담당자에게 사정을 설명하고 돈을 주고
부탁을 하고 또 해서 외국인 등록증을 만들고
그것을 또 사촌 형의 같은 마을 사람의 딸의
남편의 동생에게 부탁하여 딸에게 전달하게 한다.
그리고 돈을 벌고 모으고 참고 어려움을 견디고
살아낸다.

나가야마 노리오는 미국으로 가고자 하였고
요코하마와 고베에서 각각 한 차례씩 밀항을
시도하였고 그것과 상관이 있다고 하면 너무
쉬운 선택으로 흘러가는 것 같지만 미군기지에서
총을 훔친다. 고베에서의 두 번째 밀항 실패 후
그는 손목을 긋고 손과 발이 묶인 채로 배에 실려
요코하마에 도착하게 된다. 그에 관해서라면
그가 밀항에 성공했다면 같은 가정은 전혀 하게
되지 않는다. 그가 사람을 죽이지 않았다면
그가 가출을 반복하고 일을 구하고 관두기를
반복하는 과정에서 무언가를 하지 않았다면
또 반대로 무언가를 했다면 같은 가정은 하지
않는다. 「약칭 연속 사살마」의 감독 아다치
마사오는 나가야마에게 관심을 가졌던 계기를
권희로에서부터 시작한다. 이런 식으로 이야기할
수는 없어 이 사람에 관해 이런 식으로 말할 수
없다. 극작가이자 연출가인 테라야마 슈지는

나가야마의 범죄가 그의 출신지인 홋카이도의 추운 기후 거친 풍토에서 기인한다는 뉘앙스의 말을 한다. 아다치와 함께 나가야마의 일생을 되짚어가던 영화평론가 마쓰다 마사오는 나가야마의 출생지인 아바시리에 도착하여 하늘이 맑았다고 쓴다. 맑고 쾌청한 하늘. 나는 맑고 쾌청한 하늘 아래를 걷는다. 걷고 싶다. 그러면 시원한 물이 필요하다. 나는 시원한 물을 가방에 담고 먹을 것을 조금 담고 시원한 커피도 담고 돈과 공책도 담고 그렇지만 아직 무겁지 않다. 나의 가방은 무겁지 않고 나는 맑고 쾌청한 하늘 아래를 걷고 바람이 부는 것을 느낀다. 문맹에 가까웠던 나가야마 노리오는 감옥에서 읽고 쓰는 것을 배우고 글을 쓰고 편지를 쓰고 소설을 쓰고 책을 낸다. 그리고 1997년 8월 1일 사형을 당한다. 그는 죽음을 쉽게 받아들이지 않을 것이라고 말하고 사형 집행장에서 격렬히 저항하였다고 한다.

나가야마에 관해서는 어떤 가정도 하고 싶지 않아지고 왠지 그것은 불가능한 것처럼 여겨지는데 그럼에도 그와 비슷한 방식으로 미국으로 밀항을 한 사람이 있었을까라는 생각은 한 번쯤 하게 된다. 요코하마항 주변을 무언가 구하는 사람처럼 매일 누군가를 찾는 것처럼 서성이는 젊은 남자 한 명.

박솔뫼

이명준에게 배가 있다고 말하는 업자처럼 그에게
누군가 지나가듯 아메리카에 가지 않겠습니까.
혹은 미국에 여행을 가서 오지 않는 방법도
있을 것이다. 그렇게 정확히 신분을 증명할 방법
없이 살다가 10년 후 선거 즈음 자진 신고한
자에게는 사정을 고려하여 미국에서의 생활을
허가한다. 그에게는 자격이 생기고 그는 등록되고
그는 은행에 갈 수도 있고 자신의 여권에 찍힌
이름으로 계약을 할 수 있다. 3년을 5년을 10년을
그 이상을 버티지 못하게 되면? 그는 본국에
환송된다. 혹은 본국으로 추방된다. 추방을
당한다. 아니면 범죄자가 되기도 잘 살다가 병을
얻기도 발을 헛디뎌 사고가 나기도 피해자가
되기도 스스로 목숨을 끊을지도. 여러 사람이
죽을 가능성을 생각했다. 몸을 숨기고 이름을
숨기고 버티어 살아낸 사람에게는 이름과 자격이
선택적으로 주어진다.

아다치가 나가야마에 관해 언급하는 내용 중
인상석인 것 중 하나는 1960년내 후반 당시에는
야쿠자가 되거나 범죄에 발을 들이는 것이 그리
어려운 일이 아니었다는 설명이었다. 그런데
나가야마는 일을 관두고 가출하고 다른 곳으로
장소를 옮기면서도 끊임없이 우유가게 쌀가게

과일가게 같은 곳에서만 일을 하였다. 아다치는 그
점이 무척 남다른 느낌이었다고 말한다. 어딘가로
끊임없이 움직이려 하면서도 범죄로 빠지지 않은
점이 흥미로운 점이었다는 것이다. 물론 그는
권총을 훔쳐서 네 명을 쏘았다.

어릴 때 나는 옥상에 올라간 경험이 많았는데
빨래를 널거나 아니면 꼭대기에 옥상으로 향하는
계단을 볼 수 있었고 그러면 올라가 보았다. 내가
남들보다 옥상에 많이 올라간 것은 아닐 것이고
사람들은 옥상이 위험하다고는 생각을 했지만 못
올라가게 하거나 걸어 잠그지는 않았다. 요즘에는
옥상에 올라갈 일은 없고 어떻게 올라가는지를
언젠가부터 모르게 되었다고 해야 할까. 뭔가
물을 당연히 사 먹게 되는 일처럼 친구 집에
약속 없이 놀러 가지 않게 되는 것처럼 더 이상
안 하게 되고 어떻게 했는지도 잊어버리게 되는
일 같은데 아무튼 옥상에는 올라가지 않지만
높은 곳에서 아래를 내려다보고 높은 곳에 앉아
맞은편을 바라보고 높은 곳에서 높은 곳을 보며
사람들이 움직이네 불이 꺼져 있네 아무도 없네
생각하는 일은 많아졌다. 방금 밖을 보았는데 역
앞에 만들어진 공원이 보였다. 인공 잔디와 벤치가
보였다. 더운 날씨여서인지 앉아 있는 사람들은

박솔뫼

아무도 없었고 밤이 되면 사람들이 앉았다가
갈 것이다. 그런데 바다를 따라서 뛰면 좋을
것 같다는 생각이 들었다. 모래 위에서 뛰면
속력이 줄 것 같지만 바람에 몸이 밀리는 기분도
들겠지만 다른 것을 하는 기분일 것 같다. 나는
생각지 않았던 것을 생각해내고 잊고 있던 것을
기억해낼 수 있을 것이다. 방금 내려다본 공원이
있는 곳을 부산역 광장이라고 부를 것 같기도
하다. 그리고 고개를 들면 국민이 준 시그널을
놓치지 않고 범인을 꼭 잡겠다는 부산 경찰의
다짐이 현수막으로 걸려 있다.

이명준이 북으로 간 후, 남한에 남겨졌다고 해야
할지 이전처럼 남한에 살고 있는 윤애에게 어떤
일이 벌어졌을지 종종 생각한다. 윤애는 고초를
겪게 될 수도 있을 것이다. 경찰들이 찾아가고
취조를 당하고 혹은 아무 일도 없지만 함께하던
사람의 상실을 견디는 시간을 지나야 할 것이다.
아니면 윤애는 이명준이 생각하는 그런 사람이
아닐 것 같다는 생각이 든다. 윤애는 확실히 그런
사람이 아닐 것 같아. 어떤 사람일 것 같냐면
여기서 얼마만큼 다른 사람 사실 이런 오해가
있었는데 그런 사람이 아닌 좋은 사람 같은 것이
아니라고 생각한다. 윤애는 최인훈의 소설로

짐작해보는 어떤 사람이 아닌 완전히 다른 인물인 것 같다. 윤애와 은혜는 종종 이명준의 꿈 혹은 이명준이 만들어낸 꿈처럼 느껴지고 그 둘은 서로 다른 옷을 입은 같은 사람처럼 보인다. 애초에 없던 사람들이 아닐지. 그런 식으로 윤애의 그 후에 관한 생각을 하다 보면 이명준의 선택이 문제가 아니라 곧이어 한국전쟁이 발발하기 때문에 이명준의 선택은 곧 이것이 문제였던 것을 잊을 정도로 축소될 것 같다는 생각도 하게 된다. 윤애는 이명준을 아주 우습게 여기게 될 수도 있다. 혹은 존중하지만 이내 잊을 수도 있다. 명준은 중립국으로 가 윤애와 은혜와는 전혀 닮지 않은 여자를 만나게 될 것이다. 혹은 그는 혼자 살다 혼자 죽게 될 것이다. 중립국으로 오는 한국 사람들과 그 외 다른 나라 사람들 사이의 통역을 맡으며 아무와도 만나지 않다가 시간이 지나 생각이 바뀌고 자신을 신고하고 이미 등록된 자인 자신을 신청하고 재외국민의 자격으로 남한을 방문하게 될지도 모를 것이다. 그리고 그때는 비행기를 탈 것 같지만 비행기를 타고 돌아왔을 때 당신은 남한을 선택하지 않았군 북에서 살았던 경력이 있군 어딘가로 끌려가게 될지 모른다. 어둡고 안의 소리가 밖으로 새 나가지 않는 방으로 끌려가 김일성 사진을 들이밀며 이 사람 만난 적이

박솔뫼

있어?라고 묻는 형사들을 만나게 될지 모른다.

걷다 보면 우연히 농구대가 있는 해변을 만나게
될 수도 있다. 바다를 걸으면 사람들이 어딘가로
가고 또 온다는 것이 신기하게 느껴진다. 어느
날 나는 맑은 하늘 아래를 걷다가 언젠가부터는
해가 지기 시작하는 해변을 걸었다. 걸으며 이
바다에서 밀항을 하는 사람들은 없겠지 바닷가에
가면 그런 생각을 금세 해버리게 된다. 바다를
오가는 사람들을 생각하며 걷다 보니 그곳에는
농구대가 있었고 농구하는 사람들은 어디에서나
마찬가지로 몸을 부딪치며 농구를 하고 있었다.
그러다 어느 날인가는 거기에서 농구를 하는
사람들은 없고 사람들은 개를 데리고 산책을
하고 나는 새가 날아가는 것처럼 화면에서 잠시
나타났다 사라지고 문득 자막에는 '(누군가
달린다.)'라고 쓰여 있었다. 나는 그날은 걷지
않고 바다를 따라 모래 위를 달렸다. 나는 빠르게
지나갔다.

   (바다) (여름) (저녁)
   (누군가 달린다.)
   더울 것 같아.
   달리면?

더울 것 같아.

막상 달리면 덜할 거야.

그럴까.

기분이 좋을 거야 달리고 나면.

(둘은 천천히 걷고 크고 흰 개가 주인과 함께 뛰어간다.)

(흰 개 사라진다.)

(밤) (바다)

(멀리 갈매기)

화면은 외국일 것 같고 사람들은 외국어로 말을 할 것 같다. 아니면 부산이나 제주도일 것 같고 그래도 말은 외국어일 것 같다. 그 외국어는 영어일까 불어일까 독일어일까. 스페인어나 포르투갈어일 수도 있다. 한국어로 말을 하는데 한국어 자막이 달리는 경우일지도 모른다. 화면 밖으로 달려간 나는 그런 생각을 잊고 오늘은 30분은 뛰어야지 생각하면서 조금 더 조금 더 자신을 격려하였다. 화면 밖으로 달려간 나는 스쳐 가고 이미 사라진 나는 자막 밖으로 달려갔다.

광장을 모르는 사람들이 광장을 본 적 없는 사람들이 이게 광장인지 의심하면서 무언가를 더듬어가다가, 혹은 광장 자체를 전혀 의식하지

박솔뫼

않고 매일 어쩌다 보니 우리는 매일 이곳에.
그리고 덥고 추워도 매일 모여 무언가를 말하고
또 듣는다. 의논하고 질문하고 정리한다. 가끔은
다투고 소리를 높이고 다시 안 보기도 하지만
결국에는 모인다. 그렇게 모인 사람들이 있다.
그러면 그 사람들은 광장을 이해하는 사람이 될
것이다. 광장을 만든 사람이 될 것이다. 그렇게
생각하면 광장됨은 일시적인 것이고, 물리적인
광장과 광장됨은 일치하지 않을지도 모른다.
하지만 광장은 만들 수 있는 것일지 모른다.

　자지 않고 이야기하고 싶습니다.
　저는 자는 것이 가장 중요해요. 하지만
　노력해볼 수는 있겠지요.
　(걸어나가는 사람)
　(한쪽 불이 꺼진다.)
　우리가 이야기해보았으면 하는 것은 우리가
　무엇을 할 수 있는가 하는 것입니다.
　(물을 마신다.)

트랙이 있는 운동장을 걸었다. 나는 걸으면서
오늘 할 일과 내일 할 일을 생각했다. 걷다
보니 불이 켜졌고 이제 10시가 되었다. 그
방식으로 나는 10시를 알 수 있다. 멀리 큰

시계가 있고 여기가 어딘지를 알면서도 가끔
멀리 있는 남산타워를 보며 이곳을 가늠하고
반대로 남산타워가 보이다니 저게 정말
남산타워란 말이야? 생각한다. 매일 농구하는
사람을 생각하고 내가 아는 농구하는 사람은
매일 하지 않을 수 있지만 정말로 매일 농구를
하는 어떤 사람을 생각한다. 그 사람의 이름은
나는 고민해보아도 떠오르지 않는 정말로 매일
농구하는 사람의 이름은. 그리고 해변을 뛰는
사람을 생각하고 그는 자막과 함께하고 흰 개도
자막과 함께하고 말하세요 당신이 100번 말하게
될 것. 말하세요 당신이 1,000번 말하게 될
것을. 우리는 말하고 우리는 듣습니다. 우리는
만들고 우리는 이해합니다. 걷다가 뛰는 사람들
뛰는 사람들 걷는 사람들 느린 사람들 말하세요.
외치세요. 혹은 주저하세요 주저하면서 자신
없이 말하세요. 나는 폐를 끼치고 싶습니다. 나는
사람들이 나를 돕게 하고 싶습니다. 오늘도 많이
걸었고 그런 생각들은 씻고 나와 잠자리에 들기
전 떠올랐다. 말하세요 계속 말하세요. 걷다가
어둡고 경사진 골목에서 한 건물만 불빛을 밝히고
있을 때 이런 것만을 계속 생각하는 사람이 있을
것이라고 생각했다. 고가도로와 그 아래를 지나는
택시와 지면과 차의 불빛과 닫힌 건물과 셔터를

내린 가게 안의 종업원과 그 사람의 이름도
생각했다. 어두운 건물 혼자 불을 밝힌 방에서
청소를 하고 또 하는 사람을 생각했다. 그 사람은
어디를 가려고 하고 있다. 어디를 어딘가를
어딘가만을 계속해서 가려고 계획하고 있다.
그 사람은 여기가 어디인지를 너무나 정확히
알아서 어딘가만을 계속해서 계획한다. 나는 그
모든 것을 말하고 그것을 나는 듣는다. 그리고
나는 그것을 이해하고 그것이 분명한 것이 되어
남는다. 나는 그곳에서 눕고 잠을 자고 일어나고
걸었다. 끝으로 인사를 해본다면 안녕 잘 자. 나도
자는 것이 무척 중요했다.

이상우   광장

이상우
소설집 『warp』, 『프리즘』 등이 있다.

안녕하세요. 나가유미 씨. 오래간만입니다.
보내주시는 메일 늘 소중히 읽고 있습니다만
무슨 말을 덧붙여야 할지, 회신을 미루다
이제야 답장을 드리네요. 새로운 동네는 마음에
드시나요? 농구대 뒤편으로 바다가 보이는
묘원 사진을 잘 받아보았습니다, 바라시던
풍경인지, 언제 함께 걸을 수 있겠지요. 이번에는
제가 담배를 사드릴게요. 저는 요새 밤이 되면
트램에 올라 밤새 주치의가 처방해준 오페라를
듣습니다. 한 방향의 종점에 다다라 다른 노선의
트램으로 갈아타고, 다른 승객들과 다른 거리로
또 다른 종점을 향하며, 처음 지나는 거리로부터
차창 안으로 젖어온 얇고 섬세한 불빛 속에서
손잡이 근처를 서성이는 사람들의 그림자를
구경합니다. 눌러쓴 모자의 각도, 옆모습의 파마
컬. 팔짱을 끼고서 혹은 짝다리 짚은 채 흔들리는
그림자들은 단정한 창틀 안에서 고요하고, 전화가
오길 기다리거나 책 읽다 눈 감은 이들의 이마
위로 손자국 묻은 창밖의 거리가 반사되어 물을
지나온 듯 맑은 빛을 묻힌 이들의 얼굴이 한밤의
둘레를 헤엄치는 모습은 새로운 차원 같습니다.
호숫가에 앉아 말다툼하다 수영 치던 여름처럼,
새벽 일찍 자전거를 훔쳐 타 고성을 둘러보고
대마를 말며 피자가게 테라스에서 스도쿠를

풀던 여름처럼 말이지요. 맥주를 쥐고 우르르
올라탄 학생들이 소란스레 아이폰 돌려가며
인스타 화면에서 떠들고 웃다간 다 함께 트램을
빠져나가면 시끄러워 인상 쓰던 승객들의 모든
시간이 말도 못 하게 쓸쓸해졌던 여름이었죠.
강아지들은 슈퍼마켓 앞에서 주인을 기다리고 냉동
피자는 훌륭했어요. 케밥과 냉동 피자만 먹다 보니
몸무게가 7킬로그램 빠졌지요. 강아지들은 빵집
앞에서 주인을 기다리고 강아지들은 약국 앞에서
주인을 기다리고. 구름 끼지 않아 대기 중의 빛
자유로이 빛끼리 뒹굴며 매일 햇살 다채로워지니.
사람들은 발가벗은 채로 들판과 계단, 베란다와
지붕 어디든 누워 잠들었죠. 그러다 눈을 뜨면 벌써
보름간이나 비가 내리질 않고, 사람들은 그제야
표정을 숨길 곳이 없다는 사실을 알아채며 어둠을
도둑맞은 듯이 입을 다물었어요. 어둠은 맑습니다.
강아지들은 알고 있었어요. 버려진 성에서 열린
음악제에 들렀을 때부터 담배를 주워 피웠습니다.
아메리칸 원주민 얼굴이 그려진 담배였지요.
혼자 성을 걸어 다녔어요. 재능 없는 연주자들과
중세 음악을 순수한 척 우러르는 식민주의적
인간들에게서 벗어나 차라리 유령과 대화하고
싶었으니까요. 유령들도 벌써 귀를 자르고 토하러
갔는지 가끔 담배 연기만 눈앞에 나타났다

이상우

사라졌지요. 더 이상 음악이, 심지어 발소리조차
들려오지 않는 계단에서는 좁은 벽과 벽 사이의
냉기 어린 그늘 안에 가만히 서서 오랜만에, 거의
날개가 펼쳐지다시피 온몸 위로 천천히 돋아
오르는 소름을 느낄 수 있었지요. 뒷마당에서는
반팔 셔츠를 입은 이들이 달빛을 받으며 도널드
트럼프에 관해 대화하고 있었는데 그들은 저에게
눈길 한번 주지 않았고 저는 그들의 몸 가까이
살을 닿을 듯 말 듯 스쳐 가며 그들을 지나갔지요.
백인들이 버려진 성에 둘러앉아 실험 음악을
연주하며 꼴값을 떠는 동안, 터키 친구들은
공중화장실 앞에서 갤럭시폰으로 힙합을
틀어놓았지요. 침을 뱉고 담배 껌을 씹으면서
터키 친구들은 음악을 틀어놓은 채 터키어의
리듬 안에서 지나가는 사람들을 노려보고, 저는
그들이 틀어둔 음악을 좋아했습니다. 공원,
정류장, H&M, 유대교인 묘지 어디든 모여 터키
힙합을 틀고 있는 이들 근처를 서성이다 보면
그들이 그들의 주위로 쳐놓은 소리의 장막이
슬쩍슬쩍 젖히는 순간을 엿볼 수 있었는데 그럴
때면 그들은 그들끼리 이미 대화를 나누고
있는 중임에도 누군가 제발 말을 걸어와 주길
바라는 표정으로 지나가는 이들을 우러렀지요.
바퀴를 도둑맞은 자전거 옆에서 아침을 맞은

날이었습니다. 눈을 떠보니 기차 역전 벤치였고, 책을 펼치니 종이 사이에 끼어 죽은 벌레가 얼굴 위로 떨어져 내렸어요. 아침 햇빛 사이로 미화원이 호스기를 끌고 걸어 다녔죠. 잠든 노숙자 근처로, 민소매 입은 남자 조깅하여 다가오면 주인 곁에 웅크리고 있던 보더콜리 꼬리 흔들며 고개 들고, 노숙자의 피 기침이 새카만 미화원 낯빛 아래 밟힌 호스기 물줄기처럼 쏟아져 조깅하는 남자가 두 팔 벌려 물과 빛과 몸이 부딪쳐내 만든 무지개 속으로 저는 손을 뻗어 카프리선 봉투 밑에 깔린 담배 하나를 주워 피웠지요. 손가락에 벌들이 달라붙었어요. 벌들이 광기에 휩싸인 여름이었습니다. 제가 검고 노란 줄무늬들로 뒤덮인 손을 그러쥐 담배를 피울 동안 벌들은 살점을 갉아가고 사람들은 늙어갔어요. 파릇파릇한 숲의 한가운데에 누워, 매거진 『032c』를 읽거나 대지 음악을 틀어놓고 케타민에 취한 채 실없이 미소 지으며 젊음이라는 환각으로 자위하는 이들의 피부는 그들보다 영원히 젊을 더위에 익어가고 바래갔지요. 숲에 가면 가로등 근처에 버려진 조간신문을 주워 낱말 퍼즐을 풀었습니다. 아기 손 모양의 나뭇잎 태를 비추던 햇살이 어느 순간 숲의 틈새를 창조하다시피 공중에서부터 창창한 잎사귀 사이를 아득히 벌려놓으며 활자 안으로 번져올 때,

이상우

무한의 각도로 드리워오는 눈부심 속에서 수많은
여름이 빛깔을 증발시키며 과거로 소환당하고
저는 숲을 적시고 있는 는개비의 철자를
기억해내려 애썼지요. 강아지들은 나뭇가지를
물고 유치장 앞에서 주인을 기다렸습니다.
기다리는 강아지들은 엉덩이에 낙엽을 묻힌 채
눈을 감아 세계를 부재시킬 줄을 알았습니다.
네일숍을 발견할 때마다 간판에서 눈을 떼지
못했어요. 형광 타이포의 아름다운 촌스러움. 숍
앞에 나와 수건을 너는 동양인 직원들의 목소리
엿들으며 예언이 속삭이고 있다는 생각을 떨칠
수 없었지요. 길가에서 눈을 마주친 사람들이
저에게 미소지어와 미소로 화답해주곤 다시
눈길을 돌려 제자리의 길을 마주할 때마다
적막해졌어요. 은행잎이 깔린 횡단보도 앞에서는
눈을 감아도 시선 깊이 팽창하는 햇살이 끝없는
비보 같았지요. 도서관의 로비에 앉아 빈자리
기다리다 자리 나면, 먼저 온 저를 알아주고
자리를 양보해주는 학생들의 고갯짓에서 때때로
빛이 새었습니다. 책을 펼치고 앉은 그들이 지닌
밝은 불안이 창 곁으로 역광을 만들어내어, 고개
숙여 자신의 어스름 속으로 가라앉는 얼굴들을
저는 장례처럼 지켜봤어요. 해가 지면 혼자 걷는
사람들이 많았는데 천천히 혹은 빠르게, 잊혀가는

속력의 감각만큼 자신을 잃어버리기 위해 걸음을 옮기다 어디선가에 멈춰 선, 악의가 닳은 이들의 다리 모양새 제각기 다르면서 비슷했지요. 다른 이를 이해하려 드는 욕망을 마침내 놓게 된 자세로 라이터 불빛 번진 단풍 곁에 그들은 각자 허공에 반사되어 밤길을 수놓고 있었습니다. 중정에 가지런히 앉아 새벽에 주운 담배 개수를 셀 동안 공갈 젖꼭지 문 아기와 눈을 마주친 적도 있지요. 입의 표정 없이 공갈 젖꼭지를 문 아기는 여전히 자전거 바구니에 실린 채, 그 커다랗고 동그란 두 눈으로 한순간도 눈을 피하지 않았고 저는 결국 물기 얼룩진 바닥을 도망치듯 내려다봤지요. 공갈 젖꼭지 물고서 부드러운 볼 가득 태어나기 전의 언어를 웅얼거리던 아기가 저를 지켜보다 커다란 울음을 터트릴까 봐, 물기에 맺혀온 공중보다 투명한 아기의 눈에 비치고 있는 저의 피부가 아기에게 너무 이질적일까 불길했어요. 석양이 스민 강가의 들판에 누워 페이스타임 하며 웃던 여성이 전화를 끊곤 두 손으로 얼굴을 가리고서 흐느끼는 모습을 보았지요. 좁은 강물을 따라 물결만큼 몸짓 미세한 오리 떼가 흐르고, 노을이 살며시 물안개처럼 저 멀리 밤이 밀어낸 방향으로 흩어져 떠나갈 동안 그녀는 들판에 몸을 웅크리고 앉아 흐느꼈지요. 과자와 술병을 들고 각자 다른

이상우

리듬으로 경사면을 따라 내려와 등 뒤로부터,
주위를 둥그렇게 감싸 모여 장난치거나 위로해줄
친구들이 영영 오지 않을 장소에서 어느 한
사람이 한사람으로서 자신이 두 팔 안아 껴안고
있는 외로움이 어쩌면 그릇된 외로움일지도
모른다고 자신의 역사를 돌이키며 슬픔의
자격을 버린 채 젖은 손바닥에 구르는 눈물 한
방울까지 모조리 의심하기 시작하는 모습을
지켜보면서. 빛 떠나 그늘진 오리들은 선두부터
순차적으로 날개를 펼쳐 그들이 날갯짓으로
상상해낸 무수한 불안 밖으로 낮게 떠나갔습니다.
길바닥 어디에서나 술병들은 빛을 담가놓고,
사람들은 언제나 다 마신 술병을 가로등 아래
가지런히 내려놓아 다른 이가 주워 되팔 수
있게 해줬지요. 종점에서 내린 후엔, 정류장에
쓰러져 있는 헤로인 중독자의 휘파람을 들으며
불빛 없는 동네를 걸었습니다. 거의 버려지거나
잊히다시피 싸구려 조화들 짓밟힌 화단 따라
간판 해진 키오스크, 아시안 레스토랑, 시샤 바,
웨스턴 유니언 모두 문 닫혀있었지요. 자동차
번호판 삭아가는, 하나뿐인 공중전화가 끊어져
있는, 흔들면 낡은 눈송이들이 흩어져 내릴 것
같은 동네의 어두운 길목이 깊어질수록 고요는
우아해지고, 고개 들어본 창가에 불빛의 흔적조차

보이질 않으니, 잠들 때보다 더 부드러워져가는
눈은 캄캄한 공기에 하나하나 베일 수 있을
것처럼 몸은 밤은 반의 몸의 밤은 어느 훼방도
없이 땅끝까지 내려와, 손 잡힐 듯 은하와
가까운 동네를 배회하면서 한숨을 쉬고, 어느
강아지들을 생각하고, 카페 건너편의 어둠 속에서
아직 여름이었을 적 비가 내리던 낮의 사람들이
걸어오고 그치질 않는 햇빛 사이로 가을을 알리는
비가 쏟아지던 날의 사람들이 걸어오고 공원에
누워 와인을 마시던 사람들이 잔을 들고 일어나
걸어오고 그 누구도 우산을 쓰지 않은 채 가방이나
행커치프, 손 올려 머리를 가리지도 않고서 천천히
비 맞으며 미소를 짓고 한숨을 쉬고 얼굴을 잃으며
한참을 걸어 현관문을 열고 집 안으로 들어가기
전까지, 행복에 익숙해질까 두려워 차가운
잿빛 빗방울을 머리부터 발끝까지 빠짐없이 다
받아내어 덜덜 떠는 사람들을 지나가고 나서 저는,
창문을 닫고 이불 속에 숨은 이들을 조롱하듯
좁은 골목길로 미끄러져가는 휘파람 소리에 넋을
빼앗겼지요. 나가유미 씨는 헬리콥터에 타본 적
있다고 말씀하셨지요. 수갑과 인공호흡기를 찬 채
누워계셨다고 말씀하셨던 게 기억납니다. 트램
문에 기대 조는 사람 뒤로부터 슈만의 오페라 따라
거리의 불 켜진 창들과 계피 빛깔 술병들 사이로

모르는 얼굴들 정체 없이 스며오면 밤이 물속에서
부풀어 휘어지는 것 같습니다. 아시아마켓에서
네스퀵 고르는 당직 간호사를 지나 KFC에 마주
앉아 이야기하는 학생들을 지나 스포츠 도박장
앞에 서서 안경 닦는 경비원을 지나 실내로부터
창밖으로 퍼지는 인조 불빛들이 길에 선 사람들의
얼굴 위로 맺혀올 때, 도시는 울먹이듯 희망을
구성하지요. 가끔은 주차장에 혼자 서 있지요.
가끔은 정찰 헬리콥터를 올려다보며 나가유미
씨 생각을 합니다. 쓰레기차가 지나간 코너를
서성이다 보았지요. 자판기 아래에서 동전을
줍다 보았지요. 환전소를 나오는 길에 마주 오는
사람과 어깨를 피하다가 보았지요. 별빛 같은
빛깔들이 옥상 펜스 너머로 나타나면 회전 소리만
가득히 거리와 골목 사이로 몇몇은 올려다보던
고개를 숙이고 술잔을 홀짝이고 현찰을 뽑고
키스를 다시 이어나가고 머리 밖으로 멀어지던
정찰 헬리콥터 흰빛으로 휩싸이며 직선에 가까운
섬광 거리로 쏟아낼 때 닿지 못할 높이로부터
비스듬히 건물 외벽으로 스며드는 새하얀 빛의
안과 밖 한순간 모두 가상 같았지요. 여름부터
가을, 매일 아침부터 새벽까지 눈부셨지요.
한 손으로 눈 앞을 가리고서 손가락 사이로
갈라져오는 빛을 보았지요. 발레복을 입고

버스를 기다리는 아이들을 보았지요. 양팔 가득
시장바구니 안고 가는 동성 연인의 커플 쇼트
팬츠를 보았지요. 스쿠터 헬멧을 쓴 강아지를
보았지요. 웃통을 벗고 걸으며 모든 대화를 랩으로
주고받는 학생들을 보았지요. 유모차에 나란히
누워 서로의 귀에 말을 속삭이는 쌍둥이 아기들을
보았지요. 공원 쓰레기통에 얼굴을 넣고서
피자를 주워 먹는 거리 악사를 보았지요. 경찰차
뒷좌석에 앉아 잠든 소매치기를 보았지요. 클럽을
나와 스케이트보드 타고 어두운 도로로 홀로
미끄러져 떠나가는 친구를 보았지요. 이발소 건물
4층 발코니에 걸린 다윗의 별 깃발을 보았지요.
천장으로 빛이 들어온 수영장의 로비를 보았지요.
드래그 쇼 공연 전 비어 있는 술집 무대를
보았지요. 호수의 파문이 높은 버드나무 잎사귀로
반사되어 투명한 물결이 흐르는 공중의 나뭇가지를
보았지요. 옥상 테이블의 술잔 위로 떨어지는
빗방울을 보았지요. 왁싱숍 화장실 벽에 거꾸로
매달린 십자가를 보았지요. 새벽바람에 굴러다니는
마네킹 머리통을 보았지요. 불 꺼진 도서관 책장의
책등 위로 가느다랗게 깊어지는 어둠을 보았지요.
한순간 모두 사실 같았지요. 눈앞을 드리운 손
다시 내려놓으면 눈앞 이후의 시간이 모조리 비어
있었지요. 뒤돌거나 눈 감을 새 없이 머리부터

이상우

발끝까지 바라왔던 풍경에 뒤덮이며 바랄 것을
잃어가니 매일이 마지막 같았지요. 트램이
떠나가고 트램을 기다리고 기대보다 이르게
희망의 종착지에 남겨진 채 고개 내려 나가유미
씨의 메일 읽을 때면. 제 얼굴을 비추는 아이폰
불빛 어디에선가 나가유미 씨의 얼굴 또한 비추고
있는 모습 떠오릅니다. 머리 위로 헬리콥터 닿지
못하도록 흘러가면서 닿을 수 있는 시선 주위를
오가는 새들 따라 조금씩 드러나는 거리의 윤곽
나가유미 씨가 적어준 풍경과 겹쳐져 가로등과
건물들 자라나듯 나타날 동안 똑같은 파장의 불빛
속에서 서로가 모르는 장소로 밝혀지는 우리의
얼굴을 말이지요. 잎갈나무 가로수 무리 뒤로
고가교의 전철이 지나가고 고개 들면 사라져버린
전철 불빛처럼 믿을 수 없이 희박한 감각들만이
남아 빛의 해상도로 미래를 베끼는데 서로의
메일을 읽는 우리, 언제 어디인지 모르게 각자의
동시에 비치는 얼굴 밖으로 우리의 시점은 더
이상 존재하지 않는 것 같습니다.

　　11월 27일
교각 높이 가로수 무리 뒤로 전철불빛 지나가고
테이블 너머 케이와와가 비운 의자 위 비 젖어
흘러내리는 파카 생물 같았다. 선물 받은 책

펼쳐보는 척했지만 아무 글자도 읽지 않아
케이와와에게 어떤 표정으로 어떤 말을 해야
할지 조금 춥지 않아? 너 여기 겨울은 처음이겠네
맞아 엿 먹지 않게 조심해 아직 체리 향기 희미할
때, 담배 종이 사서 돌아온 케이와와와 커피
마시며 마저 시샤 끓였고 졸고 있는 직원 옆에서
케이와와는 시샤 두 모금당 한 번씩 대마 섞어
피웠는데 서로 말 거는 대신 말에 가까운 기억들
생각했다. 요나스 만났다며? 요나스? 내 보조원
서점에서 널 봤다던데 아 그래 네가 하마르에
갔다고 알려줬지 잘 지내? 커피잔 내려놓은
손으로 케이와와가 자기 목을 한 바퀴 묶어 공중에
매다는 시늉하기에 연기 삼키다 멈췄다. 지난주에
애인이랑 팔마로 휴가 갔어 시샤 향기 풍성해져 입
밖으로 말보다 연기가 더 사실같이 흘러나올 동안
졸다 깨고 이야기하고 또 졸다 깨어나 각자 다른
곳에 버려둔 눈길 창밖에서 행진해오는 열댓 명의
시위 무리로 이어져 그들이 창밖을 다 지나가며
남긴 뒷모습들 지켜보다 결국 바닥에 피켓 끌고
멀어지는 그들의 후미 따라 함께 걸었다. 책을 든
손 차가워 여러 번 번갈았고 케이와와 처음부터
처음 보는 이들과 대마 돌려 피며 하품하거나
허리 숙여 웃었다. 아직 문 열기까지 네 시간 정도
남은 외국인청에 도착해, 어두운 골목에 이미 줄

이상우

서 있는 사람들에게 팸플릿 나눠주곤 직원들
출근하길 기다렸다. 이 도시의 행정부가 위험을
부담하기 싫어 필요 서류가 충분히 있음에도
외국인 체류자에게 비자를 연장해주지 않거나
다른 도시로 부담을 떠넘기는 일을 규탄하는
시위였는데, 팸플릿 숨기든가 버리고 눈 피하며
혹여 자신의 비자 연장에 해가 될까 시위대와
거리 두는 이들에게 미리 준비해온 커피 두
손에 쥐여주곤 시위대는 줄 선 이들 건너편으로
이동해 피켓을 들었다. 담배 문 채 건물 문 발로
걷어차고 있는 케이와에게 먼저 갈게 졸려 어느
날 네가 아는 누군가가 완전히 사라져버리면
어떨 것 같아? 갑자기 무슨 말이야 나도 갑자기
생각났으니까 갑자기 물어보는 거지 완전히
사라지다니 죽음처럼? 어떤 방식이든 글쎄
재미없을 것 같은데 갑자기 사라져버려서 관심을
받고 싶어 하는 사람은? 그런 사람들이 있어?
어학원이나 관광지에서 혼자 있는 사람에게
다가가 반년에서 오래는 몇 년 유대를 맺다간
메시지 한 통을 남긴 후 갑자기 사라져버리지
페이스북, 인스타그램, 트위터, 왓츠앱 등
모든 계정을 삭제하고선 한 사람에게서 그냥
없어져버리는 거야 찾아낸 적 있어? 의뢰를
받았으니 결국 다 찾아내긴 했는데 처음에는

197   광장

다들 이 핑계 저 핑계 둘러대지만 마지막에 하는 말은 하나같이 똑같아 다른 사람으로부터 자신이 실재했었음을 느껴지고 싶었다고 케이와와는 당분간 일을 쉰다고 버스에서 외국인청 직원들 내리자 커피잔 들고 조용히 웃던 이들 피켓 들어 구호 외치며 삿대질하고 직원들 고개 저어 청사 차양 아래로 들어갈 때 그들이 내린 버스 타고 돌아왔다. 운전석 뒤에 앉아 졸다 깨면 머리에 까치집 진 기사 창 앞으로 미세한 눈발, 현관 바닥에 도미노피자 전단과 낙엽들 맨발 아벨이 문고리에 손 올려둔 채 눈감고 서서 잠들어 있었다.

11월 29일

파비오를 비롯한 식당 야외 테이블 전부 치워진 자리로 잿빛 안개만 흐르는 거리 비 맞으며 지났다. 전철 타니 펑크 차림 남자 신문지로 비 가렸는지 민머리에 잉크 옮아와 활자들 남자의 두피로 흘러내리고 냉기 서린 두꺼운 털옷들 틈에 끼어 여기저기 재채기하는 사람 많았는데 각자 다른 역에서 타, 멀리서 눈짓으로 인사하고 펠라티오 손동작으로 장난치는 친구들 입 모양만으로 좆 까 너나 까 죽어 너나 뒈져 대화하다 동시에 웃으면 서로에게서 눈을 떼어 다다를 곳 없는 시선만큼 긴 미소 머금는 두 사람의 얼굴 위로 터널 지나갔다.

　　　　　　　이상우

코디에게서 오늘 공사 문제로 연구실 닫았다는
연락을 받아 학교 정류장을 지나쳐 멍하니 머물다
사람들 올라타고 내리고 또 내리고 또 내려
조금씩 비어가는 전철 객실 과거처럼 보였을 때
내렸다. 처음 보는 역을 나와 로또가게 앞의 공터
한참을 걷다간, 벤치에 앉아 고양이를 쓰다듬고
있는 할아버지를 보고서야 전에도 와본 동네임을
알아챘는데 스탠 더글라스 오프닝 뒤풀이에서
이름 모를 친구들과 어울려 밤새 술집을 쏘다니며
보드카와 커피 번갈아 마시다 새벽에 택시를
타고 넘어왔던 동네 같았다. 그곳이 이곳인지
확실치 않았지만 술 섞여 꿈까지 물들인
기억 속에서도 누군가 벤치에 앉아 있었다.
뜨거운 터키 차를 손에 쥐고서 이브 뒤루와
살인 청부업자에 관해 이야기하는 누군가가
누구인지. 단순한 비유였는지, CIEPFC의 이브
뒤루가 살해당했다는 건지 이브 뒤루가 살인
청부업자였다는 건지 자기가 살인 청부업자라는
건지 기억나지 않았다. 공터를 가로질러 이제 막
오픈 팻말 건 포르투갈 카페에 들어가 몸 녹일
동안 조도 낮은 실내등 아래에서 프란세지냐
냄새 따라 샴고양이 꼬리 세웠다. 음악은 없었고
다시 비 내려 빗소리와 함께 들어오는 몇 노인과
중년들 다들 아는 사이인지 따로따로 앉으면서도

누군가 새로 들어오면 함께 인사하고 짧게 안부
물었다. 비타민 약은 사두었는지 이제 앞으로
몇 달간은 계속 이렇게 어둡기만 할 거라고
해시시는 많이 사두었지요 접시 흐트러지는 소리
신문지 펼치는 소리와 함께 간간이 세어오는
목소리들에 눈이 감기고 가벼운 비 내음 남국으로
가족 여행을 갈 거라고 기차 티켓 값이 너무 많이
올랐다고 어젯밤에 스테판 씨네서 울음소리를
들었다고 뉴욕에 간 딸이 개정된 이민법 때문에
추방당했다고 젊은 애들 파티 때문에 잠을 못
자겠다고 유독 여기에만 이렇게 먹구름이 많이
끼는 건 신에게서 가려지기 위함일 거라고
신에게서 가려진 채 그 누구든 마음껏 입안에 총을
넣어 방아쇠를 당길 수 있게 하기 위함일 거라고

　　11월 30일
비 젖은 봉고차에서 내리는 사람들 틈에 오사마
있었다. 코트 깃 가려 담뱃불 붙이는 이들 곁으로
오사마 손 모아 입김 불어 넣을 동안 전자마트에서
플레이스테이션 사서 나온 청년들 도저히 기쁨을
감당 못 하는 표정으로 오사마를 지나가고 배에
20시간 동안 타 있었어요 무슨 배역이었는데요?
난민이요 오이는 빼주세요 케밥가게에 들어가 되너
세트와 터키 차 주문하고 앉아 이상했어요 선미로

나와 배 너머의 공중에서 우리를 찍고 있는 드론
카메라를 마주하고 서 있었는데 모르겠어요
찻잔을 쥐었다 놓으며 손 녹이면서 엑스트라
일이 시간 대비 페이가 더 좋긴 하지만 경비
일을 다시 하고 싶다고 카레 가루와 마요네즈
뿌려진 감자튀김 입에 넣으면 아직 뜨거워 입
벌릴 때마다 창가에 입김이 붙잡히듯 촬영 대기
길어지자 누군가 어디서 농구공을 찾아왔어요
골대도 없고 공간도 좁으니 갑판 위에다가
길이도 다른 마대 자루 두 개에 각각 양동이를
걸어놓고선 일 대 일 경기를 치렀죠 다들
처음에는 별 관심 없어했으면서도 와이파이는
고사하고 3G마저 안 터지다 보니 하나둘씩
경기에 집중하기 시작했어요 몇 경기가 이어지고
점점 커지던 환호성이 어느 순간 물속처럼 젖은
저음의 웅성임이 되어 귓속에 맴돌기에 정신
차려보니 갑판 한가운데서 제가 농구공을 들고
서 있더군요 주위에 저와 같은 피부색을 지닌
이들이 둘러앉아 파도 위로 굴절되어오는 겨울
햇빛에 얼굴 찌푸렸고 갈매기들이 드론이 날던
자리에서 쪽빛 하늘을 오려내듯 맴돌고 있었어요
우리는 되너 포장지로 입가를 닦으며 거리로
나와 길목 곳곳이 얼어붙은 빵 쪼가리 주워 먹는
비둘기 떼와 길바닥에 누워 잠든 이들을 지나

바다 너머 육지로부터 감독과 스태프 무리가
우리를 구경하고 있었는데 귓속으로 중음대와
고음대의 환호성이 다시 터져오고 농구공 잡은
두 손안으로 땀이 흐르던 게 기억나요 어디로
갈까요 글쎄요 근처에 뭐가 있죠 모르겠네요 여긴
올 때마다 헷갈려요 담뱃가게의 방범용 유리창
안에서 경마지 읽는 주인의 얼굴을 지켜보다
손금에 맺혀 손가락 사이로 천천히 흘러내리는
땀방울의 궤적을 온몸으로 느낄 수 있었어요 비
그친 물기를 날리면서 더 차가워진 바람 마땅히
피할 곳 없어 전자마트 들어가며 그때 몸에 흐르던
땀방울은 선명하게 기억나는데 에스컬레이터
경사면 따라 하행하는 반대편 레일 아래 진열대에
깔린 노트북 배경화면들 그런데 지금 그 몸이
정확히 언제 어디에 있었던 건지 잘 모르겠어요
경기는 어땠어요 졌어요 형편없이 깨졌죠 닌텐도
게임기 매장에 앉아 마리오 카트 하는 아이들
뒤에 서서 우리는 순서를 기다리다 아이들
일어날 기미 보이지 않아 서부극 게임 홍보 중인
플레이스테이션 매장으로 자리를 옮겨 그다음엔
엑스박스, TV, 카메라, 사운드 시스템, 휴대폰, 홈
시어터 다시 1층 회전문 유리창에 맺힌 입김 기억의
위치가 바뀐 기분이에요.

이상우

12월 2일

날짜 착각했는지 전시 철수 중이라 갤러리
옥상 올라갔다. 옥상으로 이어지는 경사면,
출구를 향해 점점 더 넓어지는 사다리꼴로 시야
개방해놓아 오를수록 가파르게 무너져오는
먹빛 하늘 속으로 얼굴 집어넣으며 구름 품
깊이 희미한 번개 불빛 보았다. 옥상에서는
한두 사람쯤이 멀리 떨어져 각자 전화하거나
팸플릿 살피고 있었고 난간 밖의 숲 또한 흐리게
잠겨있어 안개 흐르는 것 같았는데 새소리
없었다. 다만 어디선가 폭죽 소리. 편지 쓰는
사람들 생각했다. 버스에서, 호스텔 로비에서,
교도소에서, 던킨도넛에서, 국제전화 카페에서,
공원 화장실 앞 LSD 딜러 옆에서, 연필로,
펜으로, 키보드로, 블랙베리로, 아이폰으로,
머릿속으로. 문장을 적다 문장이 된 말에 스스로
비열함을 느낀 순간에서 새어 나오는 표정들.
바닥에 구르는 와인잔들 살피며 옥상 한 바퀴
돌고 나니 있었던 사람들 사라지고 철수 끝나
입구로부터 사람들 줄줄이 떠나갈 동안 아무도
올라오지 않았다. 이곳에 아직 도착하지 않은
비가 저기 숲 너머의 빌딩을 적시고 있고, 등
뒤로는 계단의 경사로가 두 사람의 속삭거림
가까이 올라올 듯 말 듯 미세한 말소리의 흔적만

껴안은 채, 벤치에 앉아 눈을 감고 있으면 어느새
왼손으로 날아온 조그만 참새 두 마리가 보드랍고
촉촉한 날개를 손등에 슬며시 비벼오고 눈뜨면
비키의 작은 두 손이 왼손을 감싸 쥐고 있던 기억.
두 사람이 되어 동시에 편지를 써 본 기억. 한
사람이 한 번에 두 문장을 동시에 떠올리는 일은
불가능했던 기억, 기억이 상상을 멈추지 못하던
기억. 클랙슨 요란해 후문 쪽에 나가보니 갤러리
뒤뜰로 화환 붙은 차량들 줄지어 들어오고 있었다.
곧 웨딩드레스 입은 여자와 턱시도 차림 남자
리무진에서 내려 키스했고 비어 있던 미술관 뒤뜰
무단 침입한 하객들과 드레스 입은 꼬마들로
가득 차 이들이 주인공을 둘러싸 만들어낸 동그란
원처럼 눈, 코, 입까지 얼굴 가득 부드러운 곡선을
채우며 다 함께 웃고 춤추고 떠들었다. 신부의
드레스 끝자락 휘날릴 때마다 옥상 가까이
다가오는 비가 보이고 그들을 알지 못하는데
그들은 손 흔들어 인사해와 그들이 그들 밖으로
열어둔 순간 속에 그들의 일부처럼 머무를 수
있었다. 리무진 스피커로 켜놓은 터키 가곡에 맞춰
비 젖으며 춤추는 가족과 친구들의 머리칼에 붙은
빗방울 한참의 연회가 끝나고서 클랙슨 울리며
줄지어 떠나가고 비에 올라타 흘러내린 꽃잎들
마당에 남겨진 채 멀리 먹구름 틈에서 다시 또 번개

이상우

빛 하얗게 나타났다 사라졌다.

　　12월 9일

해가 지자 광장에 크리스마스 마켓 열려 있었다.
핫도그와 맥주. 양손에 들고 아누라다 한 입씩
번갈아 먹으며 친오빠 욕했다. 개새끼 통화한
지 한 시간도 안 돼서 가족한테 다 소문난 거야
토렌트도 그 새끼 입보단 느릴 걸 얼굴 붉게
올라 외투 주머니에 손 넣은 사람들 길가에
서서 맥주나 와인 마시며 트림 삼키고 벌써부터
산타 모자 쓴 사람 몇 화사한 마켓 불빛에
감싸여 유난하지 않았다. 그거 알아? 몇 년 전에
이곳으로 테러 분자가 트럭을 몰고 돌진해
많은 사람이 다쳤어 크리스마스트리 전구 조명
졸다 보면 언젠가 상상으로나 미리 보았던
따뜻한 풍경 틈에 웅성거림 섞여오고 웅성거림
뒤에 희미하고 반짝이는 캐럴 소리 네일 손톱
검은 눈동자 입술을 닦던 아누라다가 셋째 잔
맥주를 주문하러 갔을 때 아벨을 우연히 만나
함께 테이블을 둘러싸고 술 마셨다. 어디 가는
길이었어? 동생을 보러 가려고 동생이 이 근처에
살아요? 네 저기 공원에요 아벨이 문 닫힌 상가를
가리키자 아누라다가 무슨 뜻인지 모르겠다는
얼굴로 돌아봤고 그러든지 말든지 아벨은 혼자

상가를 지켜보며 노래 흥얼거리다 자리 떠났다.
듣던 대로네 오늘은 정상인 편이야 뭘 하러 가는
길이었던 걸까? 아벨이 뭘 하러 돌아다니는지는
아무도 몰라 사람들 더 들어차도 웅성거림의
크기 커지지도 줄어들지도 않아 어디인가로부터
젖은 길을 걸어와 서류 가방 혹은 여행 배낭을
내려두고서 혼자 술 마시는 사람들 몸을 내려둔
것처럼 말없이 휘날리는 마켓 불빛에 묻어나며
서 있는 형태만을 남겨놓고 무슨 생각을 하고
있는 것인지 무엇을 기다리다 기다림을 뛰어넘은
자세를 갖게 된 것인지 크리스마스에 계획 있어?
아무것도 안 할 거야 내겐 완벽한 계획이 있지
온종일 집에서 해리 포터 볼 거야 전편을 다? 아니
한 편만 계속 볼 거야 틀어놓고 책 읽고 틀어놓고
목욕하고 틀어놓고 아이스크림 먹고 틀어놓고
전화도 할 거야 틀어놓고 논문도 써 꺼져 해리
포터 지팡이도 대학원생은 못 구해줘 알잖아 맞아
그래도 딱총나무 지팡이로 니 입은 쑤셔 넣을 수
있겠지 아까 전부터 힐끔힐끔 우리를 지켜보던, 탑
번 머리에 턱수염 목 아래까지 기른 백인 남성에게
눈 마주쳐주니 평생 이 순간을 기다려왔다는
듯 미소 지으며 합장해오기에 아누라다 그에게
가운뎃손가락 흔들어줬다. 엔니에게 가게 일이
바빠 당장은 못 나가겠다는 연락이 와. 데운 와인

이상우

두 잔 주문하고서 잔에 손 녹이며 엔니네 가게로
향했다. 가는 길 크리스마스 마켓과 이어져 화사한
조명 피해 조금만 고개 들어보면 시야 가득
먹구름이 고여 오고 술 취해 서로 어깨를 스치는
사람들 틈에서 가만히 서 있는 중년여성이 보여,
히잡 두른 채 아무 동작도 없이 캐럴에게조차
분리되듯 표정 잃어가던 그녀의 카메라가
감자튀김 먹는 아이에게서 우리 쪽으로 향했을
때 아누라다 자연스레 포즈 취해주곤 갑작스러운
기쁨에 놀란 여성과 동시에 마주 웃곤 자연스레
마저 갈 길 갔다. 엔니의 가게에 도착해서는
커피와 술 섞어 마시며 아누라다와 엔니가 함께
빈정거림에 대해 빈정거려와 빈정거림으로
대꾸하다 반성했다. 빈정거리지 않고는 도저히
살 수가 없어 그걸 막으면 사람들 얼굴에 침을
뱉거나 뇌가 정지해버릴지도 몰라 빈정거림은
백인 남성들이 어떻게든 자신이 대화의 우위를
점하기 위해 사용하는 비열한 화법이야 고치도록
노력해볼게 우선 DNA 추적 결과부터 받아 보고
나서 추적 결과로 네 조상이 리튬이라고 밝혀졌을
때 놀라지나 마 리튬? 응 너는 원소 좆만큼
소심하니까 아누라다와 엔니 승리의 건배하고
새해 전야에는 둘 다 올 수 있는 거야? 괜찮을 것
같아 나도 문제없어 근데 혹시 폭죽도 사가야 돼?

207   광장

그냥 다른 사람들이 터트리는 거 구경해도 되지
않을까 어차피 여긴 새해만 되면 난리가 난다며
하긴 우리가 안 해도 이미 정신없겠지 그래도
잠깐은 정신없이 아름다울 거야 타이거 맥주병들
바람 소리 미세하게 진동하는 유리창 밖으로
경찰차 사이렌 설거지 끝내고 가게 앞에서 담배
피우던 엔니의 아버지 어깨부터 물들이며 담뱃불
담배 연기 하얗고 검은 배경으로 빨갛고 파랗게
드러나는 구체적인 표정 우리의 얼굴로 번져오다
지나가면 형체 없이 진동하는 눈코입들 유리창에.

12월 17일

콜로키엄 있어서 오전부터 학교에 가 수영했다.
그새 자세가 망가졌는지 도중에 자꾸 몸이
레일 쪽으로 쏠려 레일 바깥으로 팔 여러 번
넘어갔다. 다행히 사람 몇 없어 부딪치는 일
없었지만 허우적거리느라 금세 지쳤고 결국 일곱
바퀴만 돌고 나서 벤치에 앉아 쉬었다. 타월로
젖은 얼굴 감싸면 여름의 언덕길 떠오르고 고개
기울여 귓속의 물 털어내면 바람이 열리는 소리
들려왔다. 이어 여러 몸이 물을 가르는 소리 바로
누워서 뒤집어 누워서 물속에서 물 밖에서 다른
움직임으로 하나씩 하나씩 쌓이고 흩어지고
쌓이고. 아무 데나 벗어놓은 슬리퍼들, 끈 풀어진

이상우

물안경, 다이빙대에 걸터앉아 전공 서적 읽는
안전요원, 몸의 물기 다 닦아내지 않아 줍다
결국 추위에 깨어났을 때 아무도 없었다. 방문
학자들과 박사과정 교환학생들 그리고 몇
외부인으로 꾸려진 세미나실에서 둥글게 모여
앉아 한 명씩 돌아가며 자기소개와 연구 주제
간략히 발표했고, 인사 끝날 때마다 다들 가볍게
주먹 쥐어 책상 두드려줬다. 많은 이들의 연구
주제가 여성 인권과 관련되어 있어 자연스레
서로 오가는 피드백 많았는데 그 중 한 명은
김일성대학 설립 당시부터 현재까지의 여학생들
입학 전형에 관해 조사하고 있다고. 본격적인
연구 공유 자리는 다음 주부터고 이번 주는
단순히 서로 얼굴 익히는 자리라 짧게 끝났다.
인상적이었어요 언어의 장소성이라는 주제는
소설에 한정된 건가요? 아니요 텍스트 전반에
관한 이야기인데 다만 아직 아주 구체적인 건
아니라서요 연구소를 나와 역까지 걸어가는
길에 김신현경 씨와 동행하여, 에이미 제이
엘리아스, 데보라 티엔, 나이젤 쓰리프트 등의
학자들이 정신지리학과 인문지리학을 토대로
발표한 비-현존공간인지 관련 논문 및 아티클들에
관해 이야기했고, 대학원 주최의 특별 강좌
'Gender and sexuality in transnational east

asia' 시리즈 설명도 들었다. 첫 번째 강좌였던
리사 요네야마 교수의 강의가 아주 좋았다고,
참석하지 못해 아쉬웠는데 그날 무엇을 하느라
못 갔는지 기억해내려 할수록 더 아득한 시기의
풍경으로 빠져들었다. 버스 창가로 바라본 공터,
천사 조형물, 버려진 공항, 목장의 밝은 석양 같은
것들 속에서 면목 없지만 자신은 채식주의자라며
당신이 건네준 햄버거를 받을 수 없음에 정말
죄송하다고 부디 자기를 거만한 인간이라 생각하지
말아 달라 말해온 걸인의 정중한 동시에 겁에 질려
떨리는 목소리까지. 집으로 돌아가는 전철에서
왼발에 깁스 두른 아주머니가 맞은편에 앉아
있었고 이 도시에 사는 다른 백인들과 마찬가지로
몸집 비대했다. 낮 시간이라 사람들 몇 올라타지
않아 듬성듬성 한가한 좌석 한가운데 헝클어진
아주머니의 오렌지색 머리칼 위로 환영 같은
햇빛이 통과해오고 감기 탓인지 코 막힌 채 잠들어
고개 젖혀 입 벌린 아주머니의 불규칙한 숨소리
오래된 장소처럼 몸에서 간간이 올라오는 수영장
냄새 맡으며 굳이 이 모든 깨끗한 순간에 슬퍼할
필요 없다고 생각했다.

    12월 20일
토르벤이 일하는 난민 지원 카페에서 구석에 앉아

이상우

책 암송하는 남자아이 봤다. 스무 살 아니면
스물한 살? 한 페이지를 읽고 고개 젖히고 눈감아
입술을 움직이고 다음 페이지로 넘어가고 정전된
천장에서 떨어지는 빗물 밤마다 이불을 뒤집어쓴
채 주텐원 소설 읽었다던 링 생각났다. 무료 영어
클래스 끝내고 나온 사람들 거실에 모여 모국어로
이야기하면서 커피나 차 따라 마실 동안 조금씩
옅어지는 사람들의 몸내 직원 둘 조명들 전선
따라다니며 정전된 전압들을 점검하고 남자아이
읽던 책에 손 올려둔 채 눈감아 미소 짓고 있었다.
커피 대신 탄산수 한 잔 더 주문하곤 혹시나 버스
시각 한 번 더 확인했다. 최저가로 찾아낸 버스의
경로는 네 시간 정도 이동하고 중간에 링을
만나 네 시간 반을 더 가야 하는 여정이라 가는
길 내내 곯아떨어지기 위해 밤을 새워두었는데
그래도 잠 못 들 걸 알고 있었다. 양옆으로
숲이나 들판이 펼쳐져 있고 다른 차들은 보이지
않는 국도의 밤안개를 몇 시간이고 지켜보면서
달라지지 않는 풍경이 미세하게 변하고 있음을
눈치채며 세계를 상대로 한 나태한 깨달음
따위를 얻으려는 역겨운 마음이 없길 바랐다.
차양 위로 맴돌던 저녁 빛이 흰 눈에 반사되어
분산되는 거리에 무단 횡단해오는 사람들
자신에게로 사라져버리듯이 후드 뒤집어쓰거나

코트 머리 위까지 끌어올리고서 트램에서 내리고
올라타고 트램이 거리를 떠나가고서야 빈 거리에
맴도는 진눈깨비 선명하게 자리했다. 어제 단속을
피해 식당 창고에 있었어요 전 크리스마스 마켓
아르바이트 인터뷰했는데 떨어졌어요 탄산수
여전히 익숙하지 않아 한 입만 마신 뒤 입 대지
않고 있자 테이블마다 초를 놓아 켜두던 토르벤이
맥주로 바꿔줄까 물어와 고맙지만 괜찮아 오늘처럼
수업이 있는 날은 야간 조로 일하러 가야 한다고
이야기하던 이들 카페 밖으로 나가 사탕 껍질
까면서 추위에 동동 발 구르다 포옹하며 인사할
때 길 맞은편 꽃집의 불 들어와, 종종걸음으로 길
건너가는 그들의 형상 건너편의 불빛에 다가가는
만큼 어둡게 멀어지고 이봐요 누군가 어깨를
두드려 돌아보니 남자아이가 읽고 있던 책의
마지막 장을 촛불에 비추어 펼쳐 보이고 있었다.
내 이름을 당신 나라의 말로 적어줄 수 있나요?
아이가 보여준 페이지에 이미 아이의 이름이 여러
나라 말로 제각기 크기와 기울기 달리 채워져
있어 이름이 뭔데요? 아브달라 마스루아에요
볼펜을 건네받곤 글씨를 쓰기 전에 볼펜을 쥔 손을
바라보며 이 손이 누구의 것인지 믿기지 않았다.
종이를 눕혀 누른 왼손과 기울여 볼펜을 감싼
오른손의 자세가 너무나 자연스러운 동시에 너무나

이상우

오래되어 다른 차원처럼 눈보라의 그림자가
촛불 곁으로 소리 없이 가득 휘날리는 카페에서
미안해요 제가 글씨를 잘 못 써서요 괜찮아요
멋있는데요 남자아이와 얼굴을 힐끗 마주하다가
어설프게 기른 콧수염 여름 동안 햇볕에 그을린
코 기름때 낀 볼을 한꺼번에 열어젖히는 미소
이거 중국글자는 아닌 것 같은데 네 아니에요
처음 받아보는 글자에요 고마워요 아 브 달 라 마
스 루 아 손가락으로 글자 하나하나를 가리키며
음독을 알려주면 남자아이도 따라서 아 브 달 라
마 스 루 아 하나하나 합쳐지면서 목소리 안과 밖
눈보라.

　　12월 21일
불 꺼놓은 야간 버스 실내 LED 조명만이 잠든
사람들의 테두리 스치고 여기 지금 대프트
펑크 뇌 속 같아 걔네 뇌 없잖아 링이 시킨
대로 터미널에 가장 먼저 도착해 버스 이층의
맨 앞좌석 맡아뒀지만 경유지 정류장에서 링
올라타지 않았다. 어떻게 음악 듣느라 버스를
놓칠 수 있어? 너도 찰스 로이드 콰르텟 공연
찾아봐 전면유리창에 다리를 뻗어 기대고서
눈앞으로 맺혀오는 밤안개 지켜보며 링과
전화했다. 일단 샤워부터 해야겠어 너도 좀 자둬

213　　　　　　　광장

못 자 한 번도 버스에서 잠든 적이 없어 네가?
넌 걷다가도 졸잖아? 그러니까 벗어놓은 재킷
부스럭거리며 잠에서 깨 휴대폰 확인하거나 술
홀짝이고 다시 눈감은 사람들의 숨소리 속삭거림
이어폰에서 전파가 끊길 때마다 구겨지는 음질
안개 속으로 희미하게 젖어 드는 헤드라이트
너는 언제 올 생각이야? 아침 버스 타고 갈게
저녁에 구시가지 성당 앞에서 만나 근처에 괜찮은
타코가게를 알고 있어 잠시 안개 걷힌 유리창으로
독서등 켜진 뒷좌석 하나가 비치고 숲 사이 지나갈
때면 책 종이 넘어가는 소리 들려왔다. 생김새
달리 좌석 밖으로 삐져나온 어깨들을 지나온 소리
유리창에 펼쳐지듯 하얗게, 안개 걷히면 다시
졸음에 기울어지는 어깨들 따라 숨을 맞춰 쉬어
봐도 잠이 들질 않아, 몇 시간째 일정한 속력으로
주행하는 버스 기사의 표정 상상했다. 타기 전에
분명히 얼굴을 봤음에도 기억이 전혀 어째서
언제나 그들의 얼굴은 그렇게 소멸되어버리는
것인지. 출발하고서 한두 시간 정도는 교대 대기
기사와 함께 노란 조끼 집회에 관해 대화하는 두
목소리가 들려왔지만 경유지를 지나고 나서부터는
조용했다. 잠들었어? 아직 넌 샤워하고 온 거야? 응
이제 좀 살겠네 정부 지원 프로그램에 선정되어 각
지역을 돌아다니며 소외계층 여성들에게 무료로

이상우

노래를 가르쳐주고 있는 링이 연초에 있을 교습
일정 때문에 새해 파티에 못 갈지도 모르겠어
괜찮아 나중에 재밌었던 이야기나 해줘 숲을
나와도 도로는 여전히 여느 차 없이 어두워 전면
유리창에는 천장의 LED 조명만이 잠든 이들
머리 위를 지나와 그들의 꿈으로 이어내듯 광선을
어두운 도로 너머 공간으로 통과해가고 링과
이런저런 이야기하다가 점점 더 말보다 침묵이
길어질 때면 그런 순간이 오히려 더 자연스러워
통화 끊지 않고서 각자 다른 생각을 했다. 링의
교습 시간에 들리는 노랫소리를, 그곳에는 빛이
잘 들지 힘보다 흔적을 나타내며 떠다니는 먼지들
위로 한 겹 한 겹 화성이 쌓여가다 앞으로의 모든
시간을 깨트리듯 눈부신 합창 같은 햇살이 퍼져
오를지. 유리창으로 잠든 사람들의 고갯짓이
안개 걷힌 새벽 빛깔 속에서 조금씩 드러나는
도시와 섞여갈 동안 이어폰으로 희미한 숨소리가
들려오고 하품하면 조금 뒤에 따라 하품하는
소리. 눈 감으면 귓속 가득 링 주위를 에워싼
공기가 몰려와 언제인지 구름 위를 비행 중이던
이코노미 좌석 창가로 갑작스레 쏟아져온 햇빛이
떠오르고 맑은 햇살에 부딪혀 현란하게 번져
오르는 좌석들과 사람들의 윤곽 사이에 우리가
잠들고 있었다.

김사과   광장

김사과
2005년 창비신인소설상을 받으며 작품 활동을 시작했다.
소설집『더 나쁜 쪽으로』,『02』, 장편소설『N.E.W』,
『천국에서』,『테러의 시』,『풀이 눕는다』,『미나』 등이 있다.

나 딸을 낳아요.

순간 머릿속에 떠오른 구절에 그는
어리둥절해졌다. 연한 황토색의 대리석 세면대
위로 상체를 살짝 구부린 채, 은빛 쟁반 속에
일렬로 세워진 코카인 가루를 흡입하려는
찰나였다. 하얀 가루가 왼쪽 콧구멍으로 빨려
들어가는 순간, 그는 머릿속에 떠오른 구절인
'나 딸을 낳아요'를 마음속으로 두 번 재빨리
중얼거렸다. 그리고 상체를 일으켜 거울을
바라보며 다시 한번, 이번에는 소리 내어
중얼거렸다.

　　"나 딸을 낳아요."

　　그리고 고개를 갸웃거리더니 또 한 번
중얼거렸다. "나 딸을 낳아요."

　　그의 얼굴은 진지했다. 하지만 이내 무엇이
웃긴지 킥킥대다가는 거울을 들여다보며 가볍게
목 스트레칭 동작을 한 뒤 쟁반 옆에 놓인
지퍼백을 열어 안에 든 흰 가루를 쟁반 위에
쏟았다. 그는 일회용 플라스틱 빗의 등을 이용해
가루를 일자로 정렬하기 시작했다.

　　그는 이번에는 오른쪽 콧구멍으로 흡입했다.

　　지퍼백 속에 든 가루가 절반으로 줄어들
때까지 그 짓을 계속했다.

이따금 중얼거렸다. "나 딸을 낳아요."

그 구절이 어디에서 튀어나온 것인가, 방에서
빠져나와 엘리베이터를 타고 1층 호텔 로비에
도착하여 문이 열린 순간 그는 깨달았다. 문 너머,
오렌지색이 섞인 금빛 조명이 은은하게 불을 밝힌
실내가 시야를 채웠고, 그는 이치에 맞지 않게 밝은
미소를 지으며 엘리베이터에서 내렸다. 피곤한
얼굴, 최소 이틀 감지 않은 떡진 머리카락에 은은한
암내를 풍기는 금발 커플이 그와 어깨를 부딪치며
엘리베이터로 들어섰다.

"Russians!"

그는 반사적으로 크게 중얼거렸고, 커플 중
여자가 놀란 얼굴로 그를 돌아보았다.

그는 물론 그 커플이 러시아인들이 아니라는
것을 알고 있었다. 그들은 독일인들이거나 혹은
미국인들일 것이다.

놀란 여자가 쓴 검은 뿔테 안경은 셀린이
분명했다. 그녀의 생김새는 누군가를 연상케 했다.
아하, 그것은 언젠가 뉴욕에서 검거되었다는
러시안계 독일인 여자애, 엄청난 상속녀를
가장하여 사람들을 홀려 사기를 치고 다녔다는
인스타그램 스타, 바로 그 여자가 분명했다. 그
여자는 제니퍼 로렌스와 커스틴 던스트, 그리고
그의 친할머니를 섞어놓은 것처럼 생겼는데, 그는

김사과

그 여자에 대해서 더 깊이 생각하는 대신 오늘의
주제로 돌아왔다.

"나 딸을 낳아요."

그것은 최인훈이라는 소설가의 『광장』이라는
작품에 등장하는 대사였다. 주인공 명준에게
은혜가 했던 말. 여자는 죽는다. 주인공은
자살한다. 구질구질한 이야기.

그는 그 소설을 열일곱 살의 여름방학 강남역
교보문고에서 읽었다. 그는 친누나를 기다리고
있었다. 조금 전 현대백화점 무역센터점에서
출발했다는 그녀는 한 시간째 도착하지 않고
있었다. 아침 일찍 집을 나선 그는 맥도날드에서
햄버거를 먹고, 교보문고를 둘러보고, 커피빈에서
커피를 마시고, 강남역을 어슬렁거리다가 다시
교보문고로 돌아와 최인훈의 『광장』을 읽기
시작했다. 그가 책의 마지막 장을 덮고 나서도
10분이 지나서 누나가 도착했다. 1년 만에 보는
누나는 예상대로 고도로 인공적인 밝은 표정을
짓고 있었고, 지나치게 매끄러운 머릿결과 피부를
자랑했으며, 사랑하는 동생의 선물을 고르느라
늦었으니 용서해달라고 애원하는 멘트를 정신
사납게 늘어놓았다. 그녀의 손톱은 완벽했고,
목과 귀에 주렁주렁 걸린 액세서리들도, 근사한
원피스와 구두 또한 마찬가지였다. 단지 살짝,

아니 꽤 제정신이 아닌 것처럼 보일 뿐. 하지만 그 제정신이 아닌 방식 또한 너무나도 세련되어서, 문제나 결점이라기보다는 재능이나 선물처럼 느껴졌다.

강남 교보문고의 한국문학 코너에서 완벽한 그녀는 발광체처럼 빛났다.

그것은 문제였다.

책방에서, 그것도 근엄한 한국문학 코너에서 그렇게 빛나는 것은 부끄러운 일이 아닐까? 이런저런 생각들 속에서 그는 누나의 손에 이끌려 교보문고를 빠져나와 주차장으로 향했고, 누나의 멋진 차에 올라탔다. 쇼핑백들로 가득한 뒷좌석을 바라보던 그는 엉뚱하게도 누나가 명품 택배 퀵서비스 배달원인 모습을 상상하기 시작했다.

명품 택배 퀵서비스 배달원인 누나는 전혀 낯설지가 않았다. 성북동의 고급 저택 입구에서 사람 좋은 말투로 축하와 감사를 전하는 깜찍한 유니폼 속 그녀의 모습은 전혀 낯설지가 않았다. 정말이지 누나에게 딱 맞는 직업이 아닌가!

그날 그와 누나는 이태원 뒷골목에 있는 아시안 퓨전 레스토랑에서 브런치를 먹었다. 누나는 걸신들린 사람처럼 먹어댔다. 그녀의 부러질 듯 가는 손가락에 들린 커다란 나무젓가락이 위태롭게 움직이는 것을 바라보며 그는 누나에게는

김사과

무슨 문제가 있는 것일까, 그것을 물어봐도
될까? 고민했을 뿐 결코 입 밖으로 내지 않았다.
나쁘지 않은 하루였다, 결론적으로. 나쁘지 않은
만남이었다, 그와 누나 사이에서, 손에 꼽을 만큼.

하지만 왜 하필 그 구절이 생각난 것일까,
그는 고개를 저으며 멈추어 섰다. 그리고 방금
빠져나온 로비, 엘리베이터로 되돌아갔다. 그가
탄 엘리베이터는 15층에서 멈추었다. 방으로
들어선 그는 재킷을 벗어 의자에 걸쳐 놓고 바지
주머니에서 지퍼백을 꺼내 화장실로 향하는 길,
커튼 너머 펼쳐진 풍경을 바라보았다. 화창한
날씨 속, 실수로 열어젖힌 사모님의 보석함
속 보석들처럼 맘껏, 수치심도 없이 뽐내는
도시풍경이 눈에 들어왔다. 아래쪽을 보자 펼쳐진
동그란 광장이 내려다보였다.

그렇군!

그는 깨달았다. 창밖 펼쳐진 저 광장이 자신을
최인훈의 『광장』이라는 소설로 이끌었다는
사실을 말이다. 하하, 그렇게 단순한 것이었다니!
인간의 뇌라는 것은! 그는 콧노래를 흥얼거리며
코카인 가루가 묻은 은빛 쟁반을 물에 씻어
세면대 위에 뒤집어놓고, 지퍼백을 뒷주머니에
쑤셔 넣은 다음, 재킷을 들고 호텔 방을
빠져나왔다.

223   광장

13층, 엘리베이터의 문이 열렸을 때 아까의 그 피곤해 보이는 러시안, 아니 독일, 혹은 미국인 커플이 서 있었다. 그는 당황했으나 무표정으로 가만히 있었다. 그 커플은 곧, 조용히, 영국식 영어로 지껄이기 시작했다. 다시 엘리베이터의 문이 열렸을 때, 커플 중 남자가 작고 빠른 말투로 뭔가를 그의 귀를 향해 스치듯 속삭이며 내렸다.

그들은 신속한 걸음으로 로비 반대편에 있는 식당으로 향했다. 사라져버렸다.

빌어먹을 영국놈들!

세상을 살아가면서 증가하는 것은 행복이나 부, 희망이 아니라 인간에 대한 공포, 편견들뿐이다. 그는 생각했다. 다른 이들도 동의하겠지. 물론 나의 존재 또한 다른 인간들의 편견에 일조하고 있는 것이겠다만?

마침내 호텔을 빠져나온 그는, 그러나 별달리 갈 곳이 없다는 것을 깨달았다. 밥을 먹어야 하나? 하지만 코카인을 너무 많이 했기 때문에 먹을 수 없다. 하지만 코카인을 많이 했다고 해서 밥을 먹으면 안 되는 것일까? 굳이 그럴 필요는 없는 것이 아닐까? 문제는 배가 고프지 않다는 것이다. 그것은 코카인을 너무 많이… 그렇지만 그렇다고 해서, 코카인을 굉장히 많이 했다고 해서 굳이…

뭔가 아주 특별하게 달라지는 점이 없다는

것이 코카인의 최대 장점이었다. 그는 그
어느 때보다 코카인의 장점을 느꼈다. 출근길,
출근하는 회사원들로 가득 찬 시청 앞의 꽉 막힌,
꼭꼭 들어찬 압력, 그 밀도, 숨이 턱 막히도록
권위적으로 날뛰는 상태가 전혀 아무렇지도
않게 느껴졌기 때문이다. 그 또한 아주 간단하게
그들의 일부가 된 것처럼 느껴졌다. 세상 할 일
없는 그가 지금 이 순간 그 누구보다도 가열찬
도시의 일꾼인 것처럼 느껴졌다는 말이다. 하지만
그것은 사실상 올바른 묘사이다!

　　그는 현실적으로 너무나 당연하게 자신을 이
도시의 진정한 일꾼이라고 간주할 수밖에 없었다.
그 이유는 간단하다. 그가 누구보다 더 많은 돈을
쓰고 있다는 것. 소비자본주의의 시대의 진정한
일꾼은 그와 같은 소비자이다. 노동자가 아니라!

　　그렇다면, 무엇인가, 도시를 꽉 채운
자랑스러운 일꾼들은?

　　그들은 노예지. 노예에 불과하지.

　　그는 마음속으로 미소 지었다.(아니 지었을
수도 있다.)

　　도시의 자랑스러운 시민은 소비자들! 적지
않은 양의 돈을 순식간에 써버리는 나와 같은
가열찬 소비자들! 중독된 소비자들!

　　소비자들!

그는 편의점에 들러서 가장 비싼 생수를 한 병 샀다. 그것은 유리병으로 되어 있었고 보틀의 디자인이 약간 여성스러운 데가 있어서 들고 다니기 불편한 점이 있었으므로 안에 든 물을 서둘러 마신 뒤 쓰레기통에 버렸다. 그리고 폐 속으로 스며드는 매연 = 아침 공기를 느끼며 걷기 시작했다. 하지만 얼마 지나지 않아 극심한 피곤감에 사로잡힌 그는 프랜차이즈 커피숍으로 들어가 트리플 숏 아이스 아메리카노를 시켰다. 창가 자리에 앉아 그것을 마시며 그는 어찌 된 일인지 한 번도 마셔본 일이 없는 에스프레소 마티니에 대해서 생각하기 시작했다. 하지만 그 생각은 다시 그의 재킷, 지난주에 새로 산 그의 비싸고 멋진 여름용 울 재킷으로 옮겨갔다. 약간 불편하지 않은가? 약간? 조금 짧지 않은가? 조금? 버튼이 너무⋯ 버튼 위에 조그맣게 쓰인 브랜드 이름이 너무 튀지 않은가? 어느 정도? 주머니가 좀 크지 않은가?

나 딸을 낳아요.

뭐라고?

나 딸을 낳아요. 그것은 누나가 했던 말이 아닌가? 누나는 미혼모였던가? 아니. 누나는 결혼을 하지 않았던가? 언제?

10년 전 누나가 결혼하는 것을 분명히 봤는데?

누나는 죽었나?

아니, 아니지.

누나가 낳은 딸이 다섯 살이던가?

맞아…

누나가 딸을 안았다.

누나가 낳은 딸을 내가 안았다. 그것은 아주
보드라운 아기였는데. 그렇게 예쁜 아기를 본
것은 처음이었다. 그 예쁜 아기는 누나와 아주
닮아 있었다.

그렇다면 그 아기는 누나와 누구 사이의
아이였던가?

하하, 사람 좋은 매형!

깊이 생각에 몰입한 그는 자신의 앞에 놓인
트리플 숏 아이스 아메리카노가 녹아 싱거워지는
것도 깨닫지 못하고 있었다. 마침내 흥건해진
커피잔을 내려다보며 그는 자리에서 일어났다.
커피숍에서 나온 그는 택시를 향해 손을 들었다.

택시에서 내리자 그는 산에 있었다. 아니
정확히 말해 남산, 호텔 정문 앞이었다. 호텔
직원이 택시 문을 열어주었고 그는 차에서 내려
로비로 이끌리듯 들어섰다.

15분 뒤 그는 남산타워가 보이는 호텔 방,
화장실, 갈색 대리석 세면대… 작은 나무쟁반 위에
코카인 가루를 쏟고 있었다.

227   광장

침대 정면에 놓인 텔레비전에서는 뉴스가
방송되고 있었다. 모 연예인이 필로폰 투약으로
구속되었다는 내용이었다. 그는 텔레비전을 향해
열린 화장실 문 너머 고개를 쭉 뻗었다. 보라색
실크 점프 수트에 흰색 플립플롭을 신은 가녀린
체구의 여자 연예인이 고개를 숙인 채로 경찰서
안으로 끌려 들어가고 있었다. 뉴스에 따르면,
그녀는 그녀의 연인인 모 기업 최고위급 임원과
함께 3,000명이 동시에 투약할 수 있는 양의
필로폰을 밀수하여 서울 강남과 제주도 등지에서
다섯 차례 투약한 혐의를 받고 있다고 했다.

그리고 남은 필로폰을 인터넷을 통해 팔려고
시도를 하던 도중 꼬리가 잡혔다.

알뜰한 여자로군!

그는 신속하게 코카인을 흡입한 다음, 어느
때보다 꼼꼼하게 쟁반과 세면대 주위를 청소했다.
그리고 잠시 고민하다가 쟁반을 원래 놓여 있던
바로 자리에 올려놓고, 휴대용 가그린과 핸드
로션 등을 원래 놓여 있었던 바로 그 방식 그대로
진열해놓았다. 그리고서 재킷을 걸치고 방을
빠져나왔다.

그는 로비의 카페에 들러 청포도 생과일주스를
한 잔 마신 뒤, 호텔을 빠져나왔다.

숲이 무성한 쪽으로 향했다.

김사과

오전 9시 반, 이상적인 초봄의 날씨였다.
코끝을 간지럽히는 도시 먼지의 비린내만
제외하면 말이다. 물론 그 비린내는 산책로를
뒤덮은 나무들이 내뿜는 짙은 풀냄새에 뒤덮여
금세 사라져버렸다. 그는 조금 전까지 그의
신경을 괴롭히던 시청 앞 광장을 메운 먼지와
자동차들, 직장인들에 대해서 생각했다. 그렇게
간단하게 사라져버리다니! 미친 누나의 기억,
암울한 한국문학과 기타 등등에서 급작스럽게
해방된 듯했다. 그는 신이 난 걸음걸이로 알 수
없는 노래를 흥얼거리며 산책로를 걷다가 마침
나타난 나무 정자에 드러누워 눈을 감았다.
그리고 무언가 진지한 주제에 대해서 생각하기
시작했다는 기분이 들었으나 그 생각이 무엇인지
도무지 알 길이 없었다. 이윽고 온몸이 화끈화끈
달아오르는 것 같은 느낌에 자리에서 일어나
재킷을 벗었는데 즉시 추위가 몰려와서 다시
재킷을 이불처럼 몸에 덮고 자리에 누웠다.
그러자 갑자기 졸음이 쏟아지는 듯하여 눈을
감았지만 금세 정신이 말짱해졌다. 그는 자리에서
일어나 앉았다. 옆에 중년의 남자가 멀뚱하게
앉아 있었다. 그는 남자를 재빨리 훑어보았다.
남자가 쓰고 있는 등산 모자와 등산복, 등산화는
모두 같은 브랜드로서, 이탈리아의 모 명품

광장

브랜드에서 출시한 최고급 익스트림 스포츠
의류였다. 푹 눌러쓴 짙은 카키색의 나일론 모자
아래 가려진 남자의 표정을 읽기가 어려웠다.
단지 슬쩍 드러난 남자의 입술 끝이 비웃듯이
말려 올라간 듯 느껴졌다. 그는 불편함을 느꼈고
자리에서 일어나는 찰나 남자가 말을 걸어왔다.

— 산책 나오셨나 봐요? 날씨가 좋죠?

그는 남자의 말을 무시하고 걷기 시작했다. 한
10분쯤 지났을까 또 다른 빈 정자가 나타났다. 그는
그곳에 앉아 여분의 휴식을 취하기로 마음먹었고,
앉은 순간 연거푸 세 번 크게 재채기가 나왔다.
그는 재킷 주머니에서 휴대용 휴지 케이스를 꺼내
휴지를 한 장 뽑아 코를 풀었다. 새 휴지를 한 장 더
뽑아 한 번 더 코를 풀고 난 뒤 그는 두 장의 휴지가
붉게 물들어 있는 것을 발견했다. 그는 콧물과 피에
젖은 휴지 두 장을 새 휴지에 돌돌 말아 휴대용
휴지 케이스와 함께 재킷 주머니에 넣은 다음
자리에서 일어나 걷기 시작했다.

호텔로 돌아온 그는 강한 허기와 갈증을 느꼈다.
룸서비스로 더블 치즈버거와 오렌지 주스를 시킨
그는 신속하게 화장실에 들어가 코카인을 흡입한
다음 샤워를 마치고 샤워가운을 걸치는 찰나 벨
소리가 들렸다. 문을 열자 50대 후반 정도 되어
보이는, 머리가 반쯤 벗겨지고 호리호리한 남자가

김사과

음식이 든 카트를 끌고 들어왔다. 그의 얼굴에는 닳고 닳은 미소가 씌워져 있었다.

남자가 신속하게 테이블을 세팅하는 동안 그는 빠르게 채워지는 테이블을 뚫어져라 바라보며 가만히 서 있었다. 남자는 더 필요한 것이 없느냐고 물었고 그는 고개를 저었다. 남자는 마지막까지도 닳고 닳은 미소를 얼굴에 얹은 채로 사라졌다.

그는 자리에 앉아 햄버거를 바라보았다.

그는 햄버거에 손을 대는 대신 프렌치프라이 몇 개를 씹어먹은 뒤 오렌지 주스를 마시기 시작했다.

정신을 차렸을 때, 접시 위에 놓여 있던 햄버거가 절반 사라져 있었다.

그는 남은 절반을 먹었다.

다시 한번 샤워를 하고 옷을 입은 뒤 방을 빠져나왔다.

엘리베이터에 올라탄 그는 습관적으로 1층 로비 버튼을 누르려다가 지하 2층 버튼 옆에 조그맣게 'swimming pool'이라고 쓰여 있는 것을 발견했다. 그는 고민 없이 지하 2층 버튼을 눌렀다. 엘리베이터의 문이 열리자 옅은 소독약 내음이 밀려들었다.

그는 입구의 조그마한 스포츠용품 상점에서

수영복과 수영모를 산 뒤 탈의실로 들어가 옷을
벗고 물을 대충 끼얹은 뒤 수영복과 수영모를
착용하고 수영장으로 나왔다.

　수영장 반대편 통창에서 햇살이 쏟아져
들어오고 있었다. 어쩐지 영 피곤해 보이는 열대
식물들.

　그는 곧장 물속으로 뛰어들었다.

　물.

　갈증.

　특정한 종류의 현기증, 혹은 두통.

　미끌거리는 소독약 냄새.

　물거품 너머 헤엄치는 뽀얀 허벅지.

　퍼져나가는 거품.

　그는 눈을 크게 뜨고 뽀얀 허벅지의 주인공을
쫓아 고개를 돌렸다.

　수영장 반대편 끝에 도달하여 물에서 나왔을
때, 수영장은 깨끗하게 비어 있었다. 그는
주변을 두리번거리다가 선 베드에 누워 있는 한
여자를 발견했다. 여자는 흰색 바탕에 검은색
물방울무늬 수영복을 입고 있었으며, 커다란 샤넬
선글라스가 여자의 얼굴을 반쯤 가리고 있었다.
그는 여자에게서 적당히 떨어져 있는 선 베드에
걸터앉았다. 잠시 뒤, 호텔 직원이 화려하게 장식된
주스 잔을 들고 여자에게 갔다. 여자는 몸을 일으켜

잔을 받아든 뒤 자리에서 일어나 엄청나게 높은 웨지힐에 몸을 실은 채 수영장 맞은편 통창 옆에 난 계단을 내려가기 시작했다. 여자가 완전히 사라졌을 때 그 또한 몸을 일으켜 계단 쪽으로 향했다. 계단 끝에 난 문을 열자 우거진 풀숲 속 실외수영장이 나타났다. 여자는 수영장 한가운데에 떠 있었다. 그녀의 수영복과 똑같은 흰색 바탕에 검은색 물방울무늬의 도넛 모양 튜브 위에 몸을 누인 채 한 손에는 화려한 주스 잔을 들고 있었다. 손목에 걸린 황금색 팔찌가 햇살을 받아 빛났다.

약 3초 정도, 여자를 응시한 짧은 순간, 그는 어떤 알 수 없는 힘에 이끌려 지구로부터 탈출된 듯한 느낌을 받았다. 존재 전체가 아주 멀리 뜯겨나간 듯, 하지만 모든 것이 여전히 그대로인 채로, 형체를 알 수 없는 투명한 우주선에 실려 지금 여기 존재하는 세계와 맞닿은 어떤 심연으로 빨려 들어가는 듯한… 문제의 3초가 사라진 자리에서 여자가 손을 흔들었다. 그는 여자의 시선이 향한 방향을 바라보았다. 건장한 체격에 험상궂은 인상의 남자가 여자의 것과 똑같은 화려한 주스 잔을 든 채 웃으며 다가오고 있었다. 남자의 눈은 짙은 선글라스에 가려 보이지 않았다.

○

로비의 직원은 그가 몹시 이른 체크아웃을
요구하는 점에 대해서 약간의 우려와 호기심을
표시했다. 마음에 들지 않는 것이 무엇인가?
개선점이 필요한가, 룸서비스의 질과 방향성에
관한 익명의 의견을 제시하여 준다면… 그는
모든 것이 만족스러웠으며 단지 갑작스레 일정이
바뀌었다고 주장했다.

　　호텔에서 나온 그는 웬일인지 슬펐다.

　　그 슬픈 기분이 그를 무모하게 만들었고 하여
그는 핸드폰 지도에 의지하여 명동 쪽으로 걷기
시작했다. 하지만 20분 남짓 지루한 걷기에
넌덜머리가 난 그는 마침 나타난 빈 택시에
올라탔다.

　　이후의 기억은 약간 불분명했다.

　　고백하자면,

　　그는 명동이 아니라 덕수궁 국립현대미술관으로
들어섰다.

　　하지만 그는 동시에, 명동의 한 백화점으로
들어섰다.

　　동시에 시청 앞 호텔로 돌아갔다.

　　또 다른, 백화점으로 걸어 들어간 그는
향긋한 냄새를 풍기는 시계 전문점들을 지나쳐
엘리베이터에 올라탔다. 옥상 정원 입구에서

내린 그는 정원으로 향하는 대신, 화장실로 향했다. 남자 화장실은 비어 있었다. 그는 가장 구석의 화장실 칸으로 들어가 뚜껑을 내린 변기 위에 앉아 주머니에서 지퍼백을 꺼냈다. 그는 조심스럽게 지퍼백을 열어 약간의 가루를 손등에 쏟았다. 가루에 코를 대고 흡입했다.

문이 열리는 소리.

잠시 정적.

기침 소리.

졸졸 흘러내리는 소리.

피곤하게 끌리는 발소리.

세면대 물 흐르는 소리.

또 한 번의 재채기와 기침 소리.

토일렛 페이퍼 뽑는 소리.

토일렛 페이퍼가 뽑힐 때 케이스가 내던 덜컹대는 소리.

그는 가만히 천장을 바라보았다.

잠시 뒤, 모든 소리가 사라졌을 때 그는 휴지를 뜯어 손등을 몇 번 비벼댄 뒤 변기에 버리고 칸막이에서 나왔다. 꼼꼼하게 손을 씻었다.

6층, 5층, 4층, 3층, 2층, 1층, 지하 1층…

그 시각 또 다른, 덕수궁 국립현대미술관으로 향한 그 역시 화장실로 향했다.

남자 화장실은 비어 있었다. 그는 가장 구석의

화장실 칸으로 들어가 뚜껑을 내린 변기 위에 앉아 주머니에서 지퍼백을 꺼냈다. 그는 조심스럽게 지퍼백을 열어 약간의 가루를 손등에 쏟았다. 가루에 코를 대고 흡입했다.

문이 열리는 소리.

잠시 정적.

기침 소리.

졸졸 흘러내리는 소리.

피곤하게 끌리는 발소리.

세면대 물 흐르는 소리.

또 한 번의 재채기와 기침 소리.

토일렛 페이퍼 뽑는 소리.

토일렛 페이퍼가 뽑힐 때 케이스가 내던 덜컹대는 소리.

그는 가만히 천장을 바라보았다.

잠시 뒤, 모든 소리가 사라졌을 때 그는 휴지를 뜯어 손등을 몇 번 비벼댄 뒤 변기에 버리고 칸막이에서 나왔다. 아주 꼼꼼하게 손을 씻었다.

그 시간 또 다른 곳에 존재하는 그는,

6층, 5층, 4층, 3층, 2층, 1층, 지하 1층…

다시 지하 2층, 1층, 지상 1층, 2층, 3층, 4층…

모든 층을 꼼꼼하게 한 바퀴 돌았다.

또 다른, 호텔의 로비를 어슬렁거리던 그는 에스컬레이터를 타고 지하로 향하였고, 그곳이

지하상가와 이어져 있는 것을 발견한 그는,
잠시 지하상가를 어슬렁거리다가 백화점으로
들어섰다. 그는 가득한 사람들을 헤치고,
모든 층을 꼼꼼하게 한 바퀴씩 돌던 또 다른
그와 마침내 조우, 합체되었으며, 그 시각
국립현대미술관에 있던 그 또한 지하 1층에서
슈퍼마켓을 발견하고 망설임 없이 진입했다.
슈퍼마켓의 가장 중앙에 있는 참기름 축제, 라는
이름의 혹은 그런 느낌의 코너에서 그는 여분의
그와 모두 만나 온전한 하나가 되었다. 이제
온전한 하나가 된 그는 다양한 종류의 참기름을
검토하기 시작했다. 그러자 엉뚱하게도 부팔라
치즈에 볶은 김치를 얹어 참기름을 찍어 먹는
상상이 되었고, 몹시 군침이 돌았는데, 순간 옆에
낯익은 커플이 서 있는 것을 발견했다. 그들은
오늘 아침 시청 앞 호텔을 나설 때 마주쳤던
영국인 부부였다.

　　남자가 손에 쥔 참기름병을 들여다보며
말했다.

　　"Aren't you from Russia?"

　　남자는 보리스 존슨을 닮았다. 아니 좀 더
젊었다. 좀 더 야비하게 생겼다. 하지만 진짜
보리스 존슨이라면 어쩔 텐가?

　　그는 고개를 흔들었다. "No, sir."

"Have you ever heard a rumor, about a Russian spy during the Russian Revolution, the most outrageous agent in the human history, who spent half of her life shouting against the orthodox church wall which solely belonged to her own imagination?"

"Haven't heard, sir."

"Then, did I ever tell you⋯"

보리스 존슨의 여자친구가 닥치라고 경고했다. 그러자 약간 움찔한 보리스 존슨은 다시 한번 그에게 러시아인이 아니냐고 물었고, 그는 짜증 나는 표정으로 고개를 저었다.

"Boy, you'd better hear me. The other day, I've accidentally run into a thirteen years old girl in the swimming pool⋯"

여자친구가 한 번 더 경고했다. 그녀는 보리스 존슨의 손에 들린 참기름병을 빼앗아 그것으로 그의 대갈통을 부숴버릴 기세였다. 한편, 멀리서 한 무리의 일본인 관광객들이 다가오고 있었다. 그들은 보리스 존슨의 왼쪽 벽에 진열된 다양한 종류의 김을 노리는 것이 분명했다. 그것을 깨달은 보리스 존슨의 분위기가 급박해졌다.

"Well, cease me, boy, if you don't mind! Torturing is in my British blood⋯!"

　　　　　　김사과

보리스 존슨과 그의 여자친구는 사라졌다.

그는 호텔을 빠져나왔다.

동시에 그는 백화점을 빠져나왔고, 다시 호텔을 빠져나와 다시 미술관으로 들어섰다.

그리고 다시 미술관을 빠져나왔고, 그렇게 계속해서 그는 어딘가로부터 빠져나왔다. 어디에도 완전히 들어서지 못한 채로, 계속해서 미끄러지듯이 빠져나와지기만 하는 그의 의식에 대해서 그는 이제 거의 완전히 무감했다. 그는 아주 차가운, 몹시 산뜻한, 과일 향과 꽃 향이 진하게 어우러진 단맛의 칵테일 레시피에 대해서 고민하기 시작했다.

라임 한 조각.

흑설탕.

얼굴에서 땀이 났다.

신선한 민트 잎사귀.

말린 로즈메리?

신선한 바다 내음과,

창밖 절벽에 걸린 선셋,

커다란 초록 잎사귀들,

그렇게 기분 좋은 것들에 대해서 계속해서 상상하는 것은 쉽지 않았다. 왜냐하면 그는 말했다시피 자꾸만, 자꾸만 모든 곳에서 빠져나와지고 있었기 때문이다. 공간으로부터,

239   광장

의식으로부터, 그가 속한 이 도시, 지구라는
커다란… 아니 사실 그는 꽤 오래전부터 멀끔한 척
미술관을 배회하고 있었다. 스쳐 지나간 그림들,
다 틀린 수학 공식 같은 추상회화들, 관객을 향한
유치한 공격성을 뿜내는 초딩틱한 구상화들,
혹은 그저, 사라져간 기술자들을 애도하게
만드는 일련의 지루한 조각상들의 주위를 그는
맴돌고 있었다. 나쁘지 않은 전시구성이군! 아니,
흥미진진하달까? 하지만 그 모든 것이 과연
존재했던 작품들인가? 그는 코카인에 환각 증세,
기억상실, 혹은 기억의 불균질한 재분배라는
부작용이 있다는 사실을 전혀 믿을 수가 없었다.

하지만 백화점에 나타난 보리스 존슨은
무엇인가?

하지만 그곳은 원래 호텔 라운지가 아니었나?

그렇다면 이 미술관은?

고심 끝에 그는 이 모든 상상이 오직 하나의
장소에 속한다는 것을, 그는 거대하고 복합적인
하나의 장소에 속해 있으며, 그것이 어떤 오류에
의해서, 여러 겹으로 뭉개지고 겹쳐진 지도처럼
되고 말았음을, 그 미심쩍은 이론을 받아들이기로
마음먹었다.

하지만 그는 여전히, 그가 정상적으로 기능하지
않고 있다는 사실을 받아들이기가 어려웠다.

그는 그의 코카인 인생 13년, 아니 17년, 혹은 3년이라고 적당히 해둬야지, 경찰의 앞에서는, 아무튼 그는 코카인이 오늘과 같은 기묘한 현상을 벌일 수는 없다고 분명하게 다짐하고 또 다짐했다. 분명히 누군가, 엉큼한 판매상이 재미 삼아서 가루에다가 적당히 싸고 불량한, 결과적으로 황당한 것을 섞은 것이다. 이런 위험성을 받아들이는 것이 진정한 거리의 삶이지!

다음 순간 그는 미술관 옥상에 있었다.

서쪽 땅에 뭔가 거대한 것이 지어지고 있는 것을 그는 바라보았다.

건담인가?

헛소리, 아파트야, 아파트. 나도 안단 말이지!

그는 한 번 더 코카인을 하느냐, 전시실로 돌아가느냐 사이에서 망설였고, 한 번쯤, 어른답게 참아주는 기분으로 제3전시실로 향했다.

하여 우여곡절 끝에 도착한 제3전시실, 그의 앞에 놓인 거대한 그림은 하필이면 제목이 광장이었다. 거기에서는 한 여인이 출산을 하고 있었다.

그는 자신의 에러 난 뇌가 만들어낸 진부한 이미지에 실소가 났다.

하지만 그것을 들여다봐야 했다.

왜냐하면 그것은 자신이 만들어낸 오직 그를 위한 악몽이므로.

　　실로 난감한 배드 트립.

　　다시금 말하지만 코카인 그 자체는 이런 환각을 만들어내지 않는다.

　　그는 자신에게 다짐했다, 그리고 설명하고, 또 애원했다.

　　'제발 작금의 사태를 통해서 코카인을 끊거나 두려워하는 일이 없기를 바란다. 왜냐하면 이것은 전혀 코카인의 잘못이 아니기 때문이다. 코카인은 트립(trip)을 만들어내지 않는다. 이것은 전부 다 멍청한 딜러넌 때문이라고. 나를 믿어야 한다.'

　　그는 정말로 거북한 마음이 들었지만 꾹 참은 채, 그의 상상이 만들어낸 엉성한 민중미술의 필치로 그려진 출산의 장면을 성실하게 바라보았다. 광장 한가운데 여자의 가랑이 사이, 깜깜한 구멍 속에서 애벌레 같은 뭔가가 꿈틀대며 기어 나오고 있었다. 꾸물꾸물 기어 나온 회백색의 애벌레는 다시금 천천히 혹은 급속하게 짙은 회색으로 변하더니 딱딱하게 굳어가기 시작했다. 그는 당황했지만 물러서지 않았다. 한참을 응시하고 있자니 그 딱딱하게 굳은 회색 껍질이 천천히 푸르딩딩, 푸르르게, 퍼렇게 변하더니 마침내 짙은 녹음의 녹색으로 변한 그 껍질을

찢고 무엇인가 흘러나오기 시작했다. 으으,
그것은 아주 지저분한 국물이었다. 아주 고약한,
지저분한 국물이 모두 흘러내리고, 껍질이 모두
녹아내린 자리에 한 조그마한 아이, 아주 예쁘고
통통한 아이, 그러니까 누나가 나에게 안겨주었던
바로 그 인형 같은 아이가 탄생되어 나타났다.

짜잔!

오오!

멀리서 비명 같은 누나의 웃음소리가 들려왔고
그는 안도했다.

AS YOU CAN PLAINLY SEE, THE POSSIBILITIES ARE ENDLESS LIKE MEANDERING PATHS IN A GREAT BIG BEAUTIFUL GARDEN…*

다시 깨어났을 때 그의 머릿속에 떠오른 것은
최인훈의 『광장』이 아닌 윌리엄 버로스의
「네이키드 런치」 속 먹음직스러운 한 구절이었고,

---

* William S. Burroughs, *Naked Lunch*, Grove Press, 1992.

그는 다시금 대단히 안도했다.

　　그는 모든 것이 제 자리로 돌아왔음을 느꼈다.
출산의 악몽, 아니 출산의 환각이 만들어낸 악몽이
여전히 생생했지만 나쁘지 않은 기분이었다.
그는 냉장고에서 생수병을 꺼내 단숨에 비운 뒤
누나에게 전화를 건 다음 화장실로 들어갔다.

　　흡입의 순간, 콧속 점막에서 폐까지 이르는
가느다란 튜브 길 사방으로 휙휙 날아가 꽂히는
수천만 개의 입자들, 곱게 갈린 유리 가루, 아마도
약간의 필로폰과 헤로인, 펜타닐과 옥시코돈…
하지만 오늘은 또 다른 웬수 같은 것들도 다 함께
화이팅…! 그는 인터넷에서 순도 100퍼센트의
코카인을 한 경험에 대해서 읽은 적이 있었다.
천국과 천사의 눈물 같은 묘사가 만개하였는데,
그 또한 사악한 딜러가 만들어낸 스마트 광고에
지나지 않을 것이다. 순도 100의 코카인이라니.

　　폭격이 한창인 예멘의 한 도시, 폭탄이 갈색 콩
부스러기처럼 쏟아져 내리는, 오래된 모스크가
터지고, 검은 니캅을 두른 여자들이 괴성을 지르며
뛰어다니다가 픽, 픽 쓰러지는 거리의 한복판에서,
기묘하게 보호된 그만의 투명 보호막 속에서,
최상급 예멘 모카 마타하리 한잔을 음미하는
자신을 떠올려보았다.

　　그게 바로 순도 100의 코카인이란 말씀이지!

또한 그는 넷플릭스로 30분쯤 시청하다
그만둔 「나르코스」의 한 장면을 떠올렸다.

이 덜떨어진 코카믹스를 통해서 그런 종류의
무시무시한 자와 이어져 있다고 생각하면 자신이
뭔가 대단한 인물인 것처럼 느껴지기도 하는
것이다. 거리의 삶! 그리고…

51분이 지났다. 그의 누나는 언제나 늦는다.

그는 무료했다. 룸서비스로 아이스 모카를 한
잔 시켰다.

주문한 아이스 모카가 비워질 때까지도 그의
누나는 도착하지 않았다.

마약상들이란 항상 늦는 법이다.

하지만 그는 마약상을 기다리는 것이 아니고
친누나를 기다리는 것이다.

하지만 그의 친누나가 마약상이 아니라는 법이
있는가?

물론 아니다.

그는 비어버린 지퍼백을 원망 어린, 집착 쩌는
눈길로 바라보다가 손에 쥐고 화장실로 향하였다.

변기에 넣고 물을 내렸다.

벨이 울렸다.

누나는 언제나처럼 완벽했다.

삼단 같은 머릿결, 진주 같은 피부, 그리고
도대체 무슨 짓을 했는지 모르겠지만 하여간

비싸 보이는 상판대기의 그녀는 침대 맡에 놓인 베이지색 소파에 앉아 불안한 듯 주위를 둘러보았다.

"동생 너는 여전히 여전하구나."

"누나 우리 만난 지 4일밖에 안 됐어."

"엄마가 걱정하셔." 누나가 그렇게 말하고 실실 웃었다.

그는 어렸을 때 누나가 짜증 나게 굴면 주먹을 날렸는데, 이제는 더 이상 그러지 않는다. 이제 성인이니까. 성인이 코피를 흘리면 안 되니까.

"하하…" 그는 대신 웃었다.

누나가 정색하며 민트색 레이디 디올 백에서 황금색 백화점 상품권 봉투를 꺼내 그에게 주었다.

"용돈을 좀 준비했어. 허튼 데 쓰지 말고, 알겠지?"

"누나."

"응?"

"나는 누나밖에 없어, 알지?"

그녀가 거절하듯 손을 저었다. 은빛 매니큐어로 정성스레 덮힌 그녀의 검지 손톱 끝 대롱대롱 매달린 채 반짝거리는…

"다이아몬드란다. 청담동 단골 주얼리숍에서 특별히 부탁해서 주문 제작한 거야!"

누나가 연극적인 제스처로 손을 뻗었다.

김사과

"거기 주인아저씨가 한때 정말 좆같이 살았는데, 너처럼? 아니 너보다 더, 더, 더, 하지만. 이제는 제정신 차리고 새 출발 하셨다는…"

"남편은 잘 있어?

"음… 걔는 바빠. 아주 바빠. 일이 아주 천성인가 봐. 맞아, 덧붙여서."

누나가 가방을 열고 뭔가를 꺼냈다.

"이것은 엄마가 용돈과 함께 주신 사랑의 편지야."

"뭐라고?"

"혹시나 해서 미리 뜯어서 읽어봤는데 별 이야기는 없어."

"내용을 말해줘 누나. 내가 직접 읽고 싶지는 않으니까."

"음 기억이 가물가물한데 대충… 커다란 하트 속에 담긴 사랑, 마음, 가족, 기타 등등…"

"그 커다란 하트란 뭘까, 일종의 광장일까?" 그는 진지하고 멍한 표정으로 물었다.

누나가 고개를 끄덕였다. "그렇지, 그렇지."

뭐라도 안다는 표정으로 쌍년이…, 그는 생각했다.

"누나, 이제 가줘, 제발. 피곤해."

"사랑하는 동생 무슨 힘든 일이 있었니?"

"누나."

"응?"

"아까 전에 꿈을 꿨는데. 그게 누나가 아기를
낳는 꿈이었는데 말이야…"

누나는 그의 이야기에 별로 관심이 없어 보였다.
그녀는 여러 알람이 알록달록 떠오르는 자신의
스마트폰을 홀린 눈으로 바라보고 있었다. 그는
정신 팔린 누나를 내버려둔 채 백화점 상품권
봉투를 들고 화장실로 들어가 문을 닫으며 작은
소리로 말했다.

"잘 가, 누나."

그가 화장실에서 나왔을 때 누나는 없었다. 그는
양쪽 코를 휴지로 틀어막은 채 방 안 여기저기를
기어 다니며 청소하는 시늉을 하다가 몸을 일으켜
창가로 향하여 두껍게 쳐진 커튼을 활짝 열었다.
광장은 시커먼 어둠 속에 잠겨 있었다. 어둠의
아가리가 집어삼켰다가 다시 뱉어, 아니 토해놓은
듯한 흐트러진 모양새의 무언가가 그 어둠에 잠긴
무(無) 한가운데 안개처럼 떠올라 있었다. 그리고
다음 순간, 광장을 둘러싼 조명이 불을 밝혔다.
한 여자가 텅 빈 광장을 가로지르고 있는 것이
드러났다. 그것은 물론 누나가 아니었다. 그녀는
아주 당당하게, 꼿꼿하게, 자신의 길을 아주 잘
아는 양, 망설이지 않고 한걸음, 한걸음 내딛고
있었다. 그는 감동했다. 하지만 조금 더 긴 시간

김사과

관찰하자, 그녀가 서두르고 있다는 것을 알 수
있었다. 무언가로부터 도망치듯이 필사적으로,
그녀는 광장을 가로지르고 있었다. 죽음에서,
혹은 악으로부터 도망치는 사람처럼, 절박하게.
창가에 못 박힌 듯 서 있는 그와는 정반대로,
그녀는 아주 빠르게 광장으로부터 멀어지고
있었다.

김신식

시각 문화 연구자. 한국 사회의 시각 문화와
감정 문화에 대한 비평을 수행해왔다. 사진 잡지
『보스토크(VOSTOK)』편집 위원을 맡고 있다.

해설
김신식

미술관 전시실. 두 문이 있습니다. 문은 다음과
같습니다. 나는 다른 사람을 믿는다. 나는 다른
사람을 믿지 않는다. 당신은 하나의 문을 택해야
합니다. 먼저 체험한 관객들이 있었습니다.
대부분 '나는 다른 사람을 믿는다'로 향했다고
합니다. 당신도 그 문으로 입장합니다. 들어가니
바닥에 사각형이 존재합니다. 거기엔 규칙이
있습니다. 당신은 지갑이나 휴대전화기 같은
소지품을 사각형 안에 놓아둔 채 관람을 이어가야
합니다. 타인을 향한 신뢰의 문으로 입장했지만
당신의 마음엔 불신의 문이 떠오를지도.
2014년 스웨덴 반달로럼 미술관에서 실제
개최된 전시입니다. 이 전시를 재료 삼아 루벤
외스틀룬드(Ruben Östlund) 감독은 영화
「더 스퀘어(The Square)」를 만들었습니다.
주인공은 미술관 큐레이터 크리스티안(클라에스

방[Claes Bang])입니다. 그는 가로세로 4미터의 정사각형을 고안합니다. 모형으로 시민의 선의와 신뢰에서 비롯된 사회관계를 실험하기 위해서입니다. 4평방미터(square metre)의 광장이 만들어지는 셈이죠. 그 광장으로 누가 들어와 도움을 요청하면 사람들은 도와줄 수 있어야 한다. 전시의 주요 원칙입니다. 근데 전시를 준비하면서부터 크리스티안은 봉변을 당합니다. 불상사에 휘말립니다. 직접 사고를 쳐 불의를 끼치는 장본인도 됩니다. 그는 아마 전시를 구상하며 난민과 노숙자에 대한 시민의 따스한 시선을 확인해보고 싶었을 겁니다. 예상치 못한 장면을 맞닥뜨리며 시민에서 배제된 자들을 향한 복잡다단한 정치적 고찰도 수행해보고 싶었을 겁니다. 정작 전시를 기획한 그가 난민과 노숙자에 대한 자신의 위선을 절감하는 다툼에 휩싸이리라곤 예상하지 못했을 겁니다. 어느 정도의 위험은 감안했겠지만, "더 스퀘어는 신뢰와 배려의 성역으로 이 안에서는 모두 동등한 권리와 의무가 있다"는 현판 속 전시 의도가 무색해질 정도까진 아니었을 겁니다. 영화는 정사각형의 광장이 미술관 앞, 광장으로 불러도 될 만한 곳에 설치되었음을 보여줍니다. 하지만 설치 이후 그 광장은 미술관 근처를 떠나 크리스티안과 가까이

있는 창으로 나타납니다. 마음속 무형의 광장으로
자리 잡습니다. 크리스티안의 사례를 빌려 묻고
싶습니다. 당신과 나, 광장을 떠날 순 있지만
광장을 떨쳐낼 수 있을까요. 일곱 작가는 각자의
고민을 안고 소설집 『광장』에 함께했습니다.

당신처럼 저도 소설집을 폅니다. 작품을 일일이
확인하면 고유의 작품명이 없습니다. "저는 그
방식에 동의할 수 없는데요."(윤이형) "우리는
그 집에서 2년 8개월을 살았다."(김혜진)
"코끼리였어요."(이장욱) "아무도 마리가 어디로
갔는지 모른다."(김초엽) "운동장을 뛰다 보면
농구하는 사람들을 만나게 되는데 네다섯 명이서
늘 몸을 부딪치며 농구를 하고 있었다."(박솔뫼)
"안녕하세요. 나가유미 씨."(이상우), "나 딸을
낳아요."(김사과) 작가들의 첫 마디입니다.
광장 때문에 시름시름 앓은 끝에 나온 목소리,
기대해온 광장에 실망해서 나와 버린 건조한
목소리, 광장 하면 떠오르는 이미지와 다른
상상력을 발휘해보고 싶은 목소리, 광장의
미래에 담길 아름다움과 감정을 탐색하는
목소리, 실체로서의 광장·관념으로서의
광장·문학 텍스트로서의 광장 사이를 교란하려는
목소리입니다. 혹은 그런 목소리를 펼쳐 보이기

위한 전조이기도 합니다. 소설에 깊숙이 들어가기
전, 상상을 덧대어보고 싶습니다. 당신이 일곱 편의
소설을 미술관에 설치된 모니터에서 나오는 영화로
여긴다면. 이른바 '전시의 영화'는 오프닝 장면부터
보고 싶은 당신을 위해 장면 조정을 해주진
않습니다. 당신은 미술관에서 이미 상영 중인
영화를 볼 때가 많을 겁니다. 전시의 영화는 그렇게
반복되고 반복됩니다. 고로 각 소설의 첫 마디는
일의 시작, 사건의 개시가 아닐 수 있습니다.
하지만 광장에서 벌어진 일, 관련 대화가 이미
진행 중인 가운데 소설은 당신과 나를 따돌리지
않습니다. 대화의 장을 인물들의 어깨와 어깨가
견고하게 둘러싸서 당신이 도저히 낄 틈이 없다고
생각한다면, 소설은 그런 당신을 위해 자리를
내어줍니다. 착석하고 헤드폰을 낍시다. 이제
모니터에서 나오는 장면과 자막들로 이뤄진 소설을
관람하면 됩니다.

윤이형은 '단톡방'이라는 광장, 광화문으로 표상된
광장을 오가며 '광장의 문턱'으로 부를 만한
우리네 인식을 탐문합니다. 화면으로 광장의
일을 지켜보고 각자의 형편대로 참여하는 일.
이는 화면 안의 광장, 화면 밖의 광장 사이에
축조된 문턱이었습니다. 여기서 윤이형은 광장에

없는 당신, 결국 화면으로만 날 지켜보고
있겠다는 식으로 사람을 무안 주지 않습니다.
광화문 광장을 철거하고 복합 집회 문화
공간을 짓겠다는 국가 행정에 맞서려는 소설
속 만화가들의 다채로운 관점, 그로 인한 갈등.
다음의 질문에 가닿는 듯합니다. 당신에게
현장이란 무엇입니까. 건축된 광장으로 직접
가는 것만이 현장이란 규격에 부합하는
시도인가요. 광장에 가지 못하는 사연을 품고
다니는 사람들. 그들에겐 각자의 현장성이 담긴
광장을 조성할 권리가 없는 걸까요. 수진과
예나, 줄라이 등 새 광장 설계안에 반기를 드는
만화가들. 그들은 단톡방에 출몰하는 다양한
말과 감정을 목도합니다. 닉네임으로 표시된
사람들은 각자 조심스럽게 이견을 꺼냅니다.
풀 죽은 분위기를 추스릅니다. 상처받고 이내
창에서 나가버리는 사람을 목도합니다. 이런
가운데 실은 다들 광장의 문턱에서 자유로운
각자의 투쟁을 모색했음을 확인하게 됩니다.
특히 윤이형은 연대하면서 생기는 문제 중
특정인만 주목받는 걸 건드립니다. 줄라이는
그것이 '자유로운 개인들의 느슨한 연대'에서
노출되는 맹점이라고 말합니다. 윤이형은 연대의
명분 가운데 누군가만 유명해진다는 식으로

255

연대의 문제를 얕게 지적하고 끝내진 않습니다. 작가는 좀 더 나아간 화두를 던졌다고 생각합니다. 당신과 나는 그간 '소셜(social)'이라는 기치를 자주 접해왔습니다. 당신은 한동안 서점에서 다음의 메시지가 담긴 책을 확인했을 겁니다. "끌리고 쏠리고 들끓다", "많아지면 달라진다", "슈퍼 커넥터가 되어라" "소셜 스트럭팅을 아시나요?" 등. 모두 소셜이란 키워드를 내걸며 연결과 연대, 사회의 새로운 향방을 점쳐왔습니다. 소셜의 가치를 내세운 저자들은 말합니다. 특정한 개인은 자기 주변과 언제든 일을 도모할 네트워크 능력을 갖추고 있는가. 이를 '연결력'이라 칭해봅시다. 연결력을 강조하는 주장엔 함정이 있습니다. 쉽게 말하자면 연결력은 특정한 개인이 일정한 화력(반응)을 이끌어내고자 얼마나 (온·오프라인 상으로) 인맥 관리를 잘하며 미디어를 출중히 다룰 수 있는가에 머물 뿐입니다. 연결력은 당신과 내가 맞부딪치며 생성시키는 필요한 갈등을 심도 있게 고려하지 않습니다. 오늘날 당신과 내가 접하는 소셜의 연결성이란 '개인이 누군가를 관리하기 위한 연결'일 뿐입니다. 이런 가운데 윤이형은 연결과 연대를 직결시킬 수 없는 사회에서 개인들이 모인 광장의 의미란 무엇인지 되묻는 듯합니다. 다른 장면으로 눈을

돌려봅니다. 소설에서 인상적인 대목을 꼽자면
수진이 만화가들의 저항과 연대를 포기할 수 없어
예나에게 수진 자신과 동료들이 있는 자리로
나올 수 있냐고 통화하는 장면부터입니다. 통화
후 예나의 엄마가 놀라는 장면에 이어 대화의
장소는 급전환됩니다. 예나의 집에 수진과
만화가 동료들이 있습니다. 윤이형은 집이라는
아고라를 짓습니다. 그리곤 하반신이 불편한
예나의 사연을 소개하며 그들 각자의 광장이
필요한 점에 대해 당신과 말을 섞고 싶어합니다.
여기서 정치적 온건함만을 읽어내고 읽어내고
싶진 않습니다. 윤이형은 구획과 구역으로 설정된
복합 집회 문화 공간이라는 광장설계안, 연대
형태를 놓고 등장하는 각기 다른 언어와 감정의
양상을 통해 오늘날 우리 사회를 지배하는 '감정
위생'을 비평하는 듯합니다. 감정 위생이란 결국
내가 느끼고 싶은 감정만 확보하고자 자신과
동질하다고 판단되는 사람들의 구역에서 나오지
않음을 뜻합니다. 감정 위생의 사회에서 갈수록
인기를 끄는 건 '감정의 멤버십'입니다. 발급의
내용은 이렇지 않을까요. 당신이 우리 공동체에서
당신이 원하는 감정을 안전하게 소비하고 싶다면
들어오세요. 당신은 우리 공동체에 가입함으로써
당신이 불쾌하고 불편하게 여기는 대회, 거기서

새어 나오는 감정과 부대낄 염려는 없습니다.
윤이형의 소설을 통해 저는 오늘날 한국 사회의
광장이야말로 감정 위생과 감정의 멤버십이 교묘히
혹은 철저히 작동하는 곳이 아닌가 생각하게
됐습니다. 윤이형의 소설은 무엇보다 광장에서
여성과 소수자, 청소년에 대한 차별 및 혐오가 먼저
발생했다는 언급을 통해, 감정 위생이 작동하고
감정의 멤버십이 발급되는 광장의 현황 속에서
지나치지 말아야 할 존재를 환기시킵니다.

윤이형이 예나를 통해 집이라는 광장을
마련했다면, 김혜진은 이사 온 집의 창으로
보이는 광장 공사 과정을 중심으로 광장에 대한
상상과 현실, 괴리감을 묻습니다. 소설 속 장면을
요약하며 이야기해보겠습니다. 김혜진의 소설에서
주목해볼 단어는 '좋음'입니다. 여기 좋은 게 좋은
거잖아 모드로 일관하는 '너'가 있습니다. 상대방의
기쁨을 함께 느끼고 지키고자, 되도록 차분함을
유지하려는 '나'가 있습니다. 소설은 '나'의 기억에서
비롯됩니다. '너'와 '나'는 이사를 하지만, 황급히
이뤄집니다. 그래도 이사를 감행한 이유가 있다면
집 근처 광장이 언젠가 완공되리란 기대감입니다.
'너'는 '나'에 비해 이사 갈 집을 꼼꼼히 확인하지
못한 가운데 '나'의 불안을 누그러뜨리고자

광장에서 맥주도 마시며 휴식을 취할 수 있으리라
뭉뚱그립니다. '나'와 '너'는 각자가 고대하는
광장을 상상하며 버텨나갑니다. 광장 조성에 대한
이유 없는 희망과 반대로, '나'와 '너'가 동거하는
거주 환경은 점차 열악해집니다. '나'는 광장을
지으려면 필요한 시설이 있듯, 집을 광장에
비유 삼아 가구 배치를 새로 합니다. 공간을
편안하게 꾸미려 합니다. 녹록지 않습니다. 집은
방치되고 '나'와 '너'는 소원해집니다. 집에서
샤워가 힘들어 먼 거리의 목욕탕을 이용하는
와중에도, 두 사람은 어쩌면 자신들의 고된
생활이 나아지는 데 별 상관없는 광장 완공에
이끌립니다. 둘이 보기에 광장이 완공됐다고
인식되던 어느 날. 두 사람은 좁은 입구를 비집고
들어가 드디어 광장으로 진입합니다. 상상하던
곳은 아니었습니다. 심지어 그곳은 용도 변경이
계획된 사유지였습니다. 두 사람은 관리인에게
쫓겨납니다. '나'는 왜 그곳이 '너'와 마음속에
그려본 광장이 아니라 사유지로 둔갑했는지
검토하고 싶지만 '너'는 천성대로 순순히
나갑니다. 둘은 헤어집니다. 시간이 흘러 '나'는
광장을 가로지릅니다. 한때 서로 광장을 상상하던
때가 좋았음을 그 같은 향후의 모색이 좋았음을
되새기면서요. 경제 권력을 지닌 자가 광장을

사유화한다는 문제점의 도출. 이 소설을 그런 렌즈로만 보고 싶진 않습니다. 당신과 저는 의지와 무관하게 저당 잡힌 미래에 놓여 있습니다. 미리 계획해둔 행복의 상한선은 갈수록 낮아집니다. 당신과 저는 체념 끝에 그 상한선을 스스로 낮춰 살아간 경험도 있습니다. 개인이 자신의 미래를 사유화할 수 있는지 묻는다면, 위축됩니다. 김혜진은 이렇게 묻는 듯합니다. 우리 각자가 꾀할 미래의 사유화를 위해 개인에게 보장된 '한 뼘의 광장'이라도 있느냐고.

김혜진이 도시 재개발 문제와 더불어 개인의 광장을 상상하는 일, 미래를 상상할 개인의 권리를 꺼냈다면, 이장욱은 광장맨션과 프라자맨션 사이에 놓인 화단에서 촉발된 재개발 분쟁을 서사의 한 축으로 놓습니다. 여기까지만 들으면 익숙한 도시적 화두로 점철된 작품인가 예상할지 모릅니다. 예상을 거스르고자 이장욱 작가를 소개하자면 그는 소설가이자 시인입니다. 그렇다고 해서 '시적 상상' 같은 용어를 첨가하여 소설을 섣불리 논하고 싶진 않습니다. 다만 이렇게 표현해볼 순 있을 듯합니다. 상상으로 상상을 수선하기. 로베르 브레송(Robert Bresson)의 『시네마토그래프에 대한 단상(Notes sur le cinématographe)』엔 "현실로 현실을 수선하기"란 글귀가 나옵니다. 이장욱의 소설을 읽으며 브레송의 글귀가 떠올랐습니다. 그의 소설에 맞게 글귀를 고쳐보고 싶었습니다. 이장욱은 광장을 둘러싼 세간의 상상을 수선하여 광장을 좀 더 달리 상상할 영역을 지향합니다. 이장욱은 광장의 사회학에 대한 투철한 열의 대신 창밖으로 광장을 구경하며 시-이미지를 상상하는 사회학도 김수, 법적 갈등의 중심에 위치한 화단의 소유자명, 투기 자본과 금융 자본이 돌아가는 판국에 따라 자신의 삶을 설계하는 데 익숙한 오조, 사람 사귐에 대해 익숙지 않은 회사원 연우가 처한 각자의 시공간과 삶을 꿰매어 공통된 사건으로 집결시킵니다. 결국 네 사람은 광장맨션과 프라자맨션 간 벌어진 토지 싸움과 얽힌 존재들이었습니다. 쿠엔틴 타란티노(Quentin Tarantino)나 짐 자무시(Jim Jarmusch), 알레한드로 곤잘레스 이냐리투(Alejandro González Iñárritu) 감독이 애용했던 멀티 플롯 시네마의 구조. 이장욱이 광장을 상상을 상상으로 수선하는 서사적 동력이 됩니다. 갈등의 씨앗이었던 화단에 불이 나자 이해관계가 얽힌 김수, 연우, 오조는 광장을 거쳐 두 맨션이 있는 곳으로 이동합니다. 여의치 않습니다. 그들이

통과해야 할 N광장 속 시위의 인파와 교통이
만만치 않기 때문입니다. 법과 자본의 논리에
잠식당한 광장을 비평하고자 이장욱이 택한
방식이 있습니다. 인간이 저질러놓은 광장을 다른
광장으로 저지하기입니다. 프라자맨션과 광장맨션,
둘 사이를 잇는 화단을 하나의 광장으로 봅시다.
이장욱은 묻는 듯합니다. 저질러놓은 인간이 할 수
있는 건 무엇인가. N광장의 인파와 차량 정체를
뚫고 어렵사리 사고 현장에 도착하더라도 김수,
연우, 오조가 해결할 수 있는 일은 없습니다.
N광장은 김수, 연우, 오조가 엮인 또 다른 광장에서
벌어진 일이 인간의 힘으론 수습되기 어려움을
표지한 채, 세 사람의 행보를 지체시키는 기능을
합니다. 그리곤 이장욱은 소설과 시의 용도변경을
통해 뭔가 소설로 느껴지지 않는 대목을 시적
비유로 장면화합니다. 하늘에 뜬 코끼리와
고구마가 그 예입니다. 이는 기후에 관한 비유일
수도 정말 코끼리이자 고구마일 수도 있습니다.
상상을 상상으로 수선하는 지점. 확답 대신 중요한
건 (상상의) 확장이 되는 지점. 소설을 읽고 나서
명의 손에 들린 "작은 식물은 카카오톡"이라는
소설 속 문장. 절로 떠올랐습니다. 상상의 시야는
트입니다. 공교롭게도 어느 광장의 사정이 또 다른
광장의 사정을 저지함으로써.

이장욱이 상상으로 상상을 수선하는 데 광장을 동원했다면, 김초엽은 미래의 테크놀로지를 상상하며 고민해봄 직한 예술·감정의 역학을 위해 광장을 활용합니다. 김초엽은 테크놀로지의 관여와 그 미래상의 설계로 인해 나타나는 불평등을 주목해왔습니다. 작가는 모그라는 시지각 이상증을 지닌 존재에 힘을 부여합니다. 모그는 인간이 느끼는 감각대로 형상화를 수행하기 어려운 존재입니다. 소설 속 화자인 무용 강사에게 교육받는 마리. 모그인 그녀는 정작 인간이 표현해내려는 아름다움에 관심이 없습니다. 무용 강사인 화자는 의아해하면서도 마리가 소개하는 모그의 새로운 감각 수용과 세계상에 매혹됩니다. 작품에서 "추상의 세대"로 명명된 모그들의 감각 영역. 흡사 뇌과학과 추상미술의 연관성을 조망하는 데 쓰인 '환원주의(reductionism)'를 연상시킵니다. 환원주의는 추상적인 미술 작품을 이루는 요소 하나에 천착함으로써, 작품을 감상하는 관객이 상상력을 발휘하여 마음속 캔버스에 나름의 그림을 완성할 수 있다고 보는 입장입니다. 인간인 무용 강사가 보기에 모그의 동작은 목각인형처럼 부자연스럽습니다. 그러나 좌표를 찍으면서 생성되는 그들만의 기계적이고

기능적인 동작학(動作學)은 다른 층위의
아름다움을 향해 나아갑니다. 모그는 소설에서
새로운 테크놀로지의 분포를 넓히려는 종족입니다.
그리고 자신들이 꿈꾸는 미적 가치를 옹호하고
구축하려는 능동적인 미술 수용자입니다. 한편
플루이드라는 초-연결성의 시스템은 모그의 미적
구축을 추동하는 중요한 장치이자 모그가 활동하는
광장입니다. 한 모그가 인간의 미적 표현술을
자기 방식대로 따라 배우면, 플루이드로 연결된
다른 모그는 이어받아 학습 내용을 숙지합니다.
김초엽이 재현한 플루이드와 모그를 떠올리면서,
이토 아사(伊藤亞紗)의 『눈이 보이지 않는 사람은
세상을 어떻게 보는가(目の見えない人は
世界をどう見ているのか)』란 책이 생각났습니다.
저자는 '소셜 뷰잉(social viewing)'이란 용어를
제시합니다. 예를 들어보겠습니다. 시각장애인이
미술 작품을 감상합니다. 그는 온전히 그림을
감상할 순 없지만 마음속으로 이미지를 추리하는
능력이 뛰어납니다. 그러한 능력 속에서 눈으로
그림을 감상하는 사람들과 함께 이야기 나누며
자신만의 그림을 완성해갑니다. 볼 수 있는
사람들이 놓친 지점을 발견합니다. 그것이
소셜 뷰잉입니다. 모그는 플루이드를 통한
'소셜 뷰잉'으로 자신들의 미적 세계를 창안하는

존재들입니다. 김초엽은 모그를 핍박받는
돌연변이로 취급하지 않은 채, 외려 다른
사람들이 모그가 되고 싶어하는 이유에 귀
기울입니다. 마리에게 무용을 가르치는 화자는
조금씩 납득합니다. 모그가 활동하는 플루이드란
초-연결성의 광장에서는 모든 목소리가 동등한
무게를 가지고 충돌하기 때문입니다. 여기엔
아름다움의 기준을 일원화하지 않으려는
목소리들도 포함되어 있을 겁니다. 마리는 모그의
위세 확장을 위해, 기존의 인간에게 배운 춤을
인간들이 모인 광장 속 무대에서 시도합니다.
인간은 인간만이 선호해온 아름다움을 확인하기
위해 마리의 춤을 지켜보려 광장에 모였습니다.
허나 마리는 아랑곳하지 않습니다. 자신만의
안무를 선보입니다. 김초엽은 시지각에 경도된
우리네 감각의 분포, 이것과 동떨어질 수
없는 광포한 인간의 감정을 다룹니다. 인간의
시각적 선호에 충족되지 않지만 그렇기 때문에
새로운 아름다움이 창출될 시공간을 소설
속에 마련합니다. 인간의 아름다움을 제대로
볼 수 없기에 더 자유로워진 몸짓을 추구하는
마리의 동작. 인간이 모인 광장은 소란스럽고
혼란스럽지만, 묘하게도 소설은 우아해집니다.

김초엽이 춤의 동작학으로 이야기를 풀어나갔다면, 박솔뫼의 인물은 걷기라는 동작학을 줄곧 유지해왔습니다. 작가 스스로 밝혔듯 박솔뫼의 소설은 걷는 소설입니다. 걷고 또 걷습니다. 걸으며 생각합니다. 걸으며 읊조립니다. 걸으며 후회합니다. 걸으며 소망합니다. 걸으며 또 후회합니다. 걸으며 상상합니다. 걸으면서 당신과 나는 반대 방향으로 걸어오는 사람의 얼굴을 볼 수 있습니다. 행여 그 사람과 어깨를 부딪칠 수 있습니다. 다만 부대낌은 아닙니다. 박솔뫼는 공을 주고받으면서 서로가 서로에게 부대낌이 무엇인지 헤아려보려 합니다. 동시에 박솔뫼는 자신이 생각해온 광장과 문학 텍스트로서의 광장을 서로 부대끼게 하면서 최인훈의 『광장』을 제 나름의 시각으로 짚어냅니다. 이는 문학평론이 고수해온 규격과 거리가 멉니다. 그렇기에 『광장』을 읽는 박솔뫼의 시각은 어디로 튈지 모르는 농구공 같습니다. 아울러 일본이라는 세계에 관심을 지속적으로 표해온 박솔뫼는 『광장』의 주인공 이명준이 택한 밀항을 1969년 탈취한 권총으로 네 명을 죽인 나가야마 노리오라는 실제 살인범의 밀항 에피소드와 부대끼게 합니다. 그 속에서 박솔뫼는 자신이 내뱉은 말이 타인과의 충돌 없이 돌아오기보단, 나의 말과 타인의

말 사이에 부대낌이 있기를 꿈꿉니다. 특히
박솔뫼는 야구공을 주고받으며 농구(공)에
대한 대화를 나눔으로써 실체로서의 광장과
관념으로서의 광장을 뒤섞습니다. 그러나
야구공의 크기와 농구공의 크기가 일치하지
않듯 그에게 물리적으로 딱 맞아떨어지는 광장의
규격은 중요하지 않습니다. 실체로서의 광장과
관념으로서의 광장을 오가며 광장의 범위, 광장의
규격, 광장의 의미를 좇는 작가는 물리적인
광장이 아니더라도, 말과 말의 접촉이 있는 곳이
광장임을 말합니다. 아니, 소설의 언어를 빌리자면
그것은 곧 '광장-됨'입니다. 이러한 발화로 인해
박솔뫼는 최인훈이 『광장』을 통해 나누고 싶었던
문제의식을 일부분 공유합니다. 당신과 나, 광장의
안팎을 오가면서 광장은 광장다워야 한다는
규격을 확정짓지 않고자 노력할 수 있는가. 다시
걸어봅니다. 배로 이명준이 바다를 항해했다면,
박솔뫼의 인물은 바다 근처를 거닙니다. 거닐고
거닐다 보니 걷는 자신과 함께하는 사람들이
영화처럼 보입니다. 아니, 화면처럼 보입니다.
인물이 인물 자신 혹은 누군가를 화면처럼
대하는 일. 박솔뫼에겐 국적을 지역을 초월하는
시도입니다. 특정한 인물, 개별의 국적과 신분으로
환원되는 화면 속 이미지를 거부하는 박솔뫼의

의지가 있습니다. 작가는 (자신이 빙의된) 인물의
결단을 빌려 화면 바깥으로 나옵니다. 그 누구일라
치면 아무도 아닌 화면을 보고 싶은 박솔뫼는
자신만의 중립국을 향해 걷습니다. 걸으면서
누군가를 만날 겁니다. 누군가의 얼굴을 확인할
겁니다. 누군가가 말을 걸고, 그 말을 되받아칠
겁니다. 당신은 그렇게 생각하는군요. 저는
이렇게 생각합니다. 그러다가 자기로 합니다. 다시
걸으려면 자야 하기 때문입니다.

박솔뫼의 소설에 출연한 나가야마가 아닌,
나가유미 씨에게 사진을 받은 이상우의 소설 속
사람. 나가유미가 보낸 사진엔 농구대 뒤편으로
바다가 보입니다. 독서의 재미를 위해 박솔뫼의
소설과 어떤 연결됨을 언급할 수 있겠습니다.
하지만 좀 더 이상우의 소설에 집중하렵니다. 그의
작품은 미술관에 상영되는 무빙-이미지(moving-
image)에 가깝습니다. 앞에서 제가 전시의
영화처럼 일곱 작품을 보자고 권했다면 가장
전시의 영화 형태를 띤 작품이 이상우의
소설이라고 생각합니다. 사견이지만 이상우의
소설은 아핏차퐁 위라세타쿤(Apichatpong
Weerasethakul)의 작품을 닮았습니다.
주지하다시피 위라세타쿤은 전시장에 '설치'된

영화 작업을 선보여왔습니다. 이상우의 소설엔
위라세타쿤의 작품처럼 풍경이 압도적입니다.
간혹 습한 기운도 느껴집니다. 말이 끊임없이
등장하면서도 그 말 자체는 풍경 안을 점유하지
않고 풍경 바깥에서 맴도는 느낌입니다. 물론
작가가 위라세타쿤의 영화를 참고했다는
맥락으로 말하는 게 아닙니다. 이상우의 소설에
가닿고 싶은 당신을 위해 어떤 보기 모드(viewing
mode)를 제안할 뿐입니다. 저는 당신이 연필을
들고 이상우의 이 소설을 읽길 제안합니다.
구두점에 따라 문장을 끊고 문장에 담긴 광경을
당신의 마음속에 온전히 담아두려 해도 쉽지
않을 겁니다. 연필을 들어 문장을 끊으며 이
소설을 읽길 바란 까닭. 소설에 담긴 광경을
온전히 읽어냄과 거리가 멉니다. 이상우 소설의
미덕입니다. 이상우는 읽는 이가 이 정도의
광경이면 온전히 광경의 의미가 내 것으로
스며들겠지, 기대하는 지점에서 얼른 다른
광경을 기술해버립니다. 이 세상을 이 사회를
이 세계를 총체적으로 볼 수 있다고 으스대는
파노라마적 시선을 부수고자 그는 자신만의
파노라마적 기법을 구사합니다. 문장에 달린
카메라는 왼쪽에서 오른쪽으로 혹은 위에서
아래로 움직이며 광경을 담지만, 왼쪽에서

오른쪽으로 끝까지 가지 않습니다. 위에서
아래로 끝까지 가지 않습니다. 이상우는 광경이
매끈한 파노라마로 재현되길 경계합니다. 좀 더
화면에 집중하자면, 이상우의 작품엔 문장마다
여러 화면이 등장합니다. 그 화면이 재현해내는
대표 광경이 누군가에게 확인될라 치면 그는
다른 미디어에서 나오는 광경으로 대표 광경의
완성을 봉쇄해버립니다. 고로 이상우의 소설엔
대표되는 광경이 없습니다. 마치 전시장을
수놓은 멀티스크린에서 다양한 인물과 사물이
제각기 움직이는 확장 영화를 보는 기분마저
듭니다. 이상우 소설의 스타일을 광장이란 테마와
엮어낸다면 이렇게 부를 수 있을 것입니다. '광장의
이미지를 부수기 위한 이미지의 광장.' 이상우의
작품을 이루는 인물함과 사물함이 있습니다. 그
함에서 나오는 여러 인물과 사물의 이미지는
광장의 전형에 이바지하는 아카이브가 되려고
하지 않습니다. 이상우는 지면으로 인물과 사물을
끊임없이 던져대지만, 인물과 사물은 광장을
대표하는 이미지로 쌓이지 않습니다. 어쩌면
이상우 작가가 광경들을 보고 기술해내어 다른
광경을 밀어낼 때, 당신과 내게 다가오는 저
수많은 인물과 사물의 언어들. 기존의 광장다움을
따지려는 이들에게 중요하지 않을지 모릅니다.

270

그렇기 때문에 이상우의 소설 속 이미지는 광장의 광경, 당신과 내가 품어온 광장의 인식이라는 광경을 확장시킨다고 봅니다.

박솔뫼의 소설, 이상우의 소설에 이어 김사과의 소설도 누군가 계속 이동 중입니다. 차이점이 있다면 주인공이 코카인에 절은 채 쏘다닌다는 겁니다. "나 딸을 낳아요." 소설에도 나오지만 최인훈의 『광장』 속 은혜가 이명준에게 한 말입니다. 김사과도 박솔뫼처럼 최인훈의 『광장』을 자신만의 방식으로 거론합니다. 새삼스럽지만 김사과에게 최인훈의 문제의식을 고스란히 승계한다는 건 중요치 않습니다. 일찍이 김사과는 '세상이 내일이라도 망할 줄 알았다. 그런데 다음 날 일어나니 아무렇지도 않더라. 그래서 더 엿 같았다'는 사고의 선배였습니다. 이제는 널리 알려진 자조이지만, 한국에서 '태어난다는 건 저주다'라는 삶을 향한 비운의 감각을 매우 이른 시간에 문학으로 조명했던 이가 김사과였습니다. 그런 김사과가 근래 주목하는 인물은 상류층 좀 더 범위를 좁히면 재벌입니다. 흐트러짐 없이 철저하게 자신의 목적을 수행하고자 심신을 관리하는 데 돈과 시간을 들이는 상류 계층. 소비자본주의는 그런 상류 계층을 재생산하고, 상류 계층은 당대의 흐름을 관장하는 소비자본주의의 양태들을 시시각각의 라이프스타일로 실현시켜 나갑니다. 작품집에 수록된 김사과의 소설이 재벌들의 호화 생활을 통해 고찰해보는 한국 상류층의 문제 같은 학술의 논조로 읽힐까 봐 관련 설명은 여기서 중단합니다. 다만 김사과의 이번 소설을 읽어내는 데 영화 「크레이지 리치 아시안(Crazy Rich Asians)」의 다크 버전을 연상함이 필요하지 않을까 싶습니다. 작품에 두드러지진 않으나 김사과의 소설에서 감지되는 어떤 '아시아성'이 있습니다. 당신도 알다시피 아시아성의 구축과 재구축 그리고 탈구축은 아시아라는 지정학적 영역으로만 정의될 수 없습니다. 김사과는 「크레이지 리치 아시안」에서 엿보이는 (미국과 중국 주도의) 글로벌한 자본주의 체제 아래 신흥계층으로 떠오른 신(新)-아시아인이라는 정체성을 한국 사회와 엮어 탐색해보고 싶었던 건 아닐까. 잠시 생각해보았습니다. 하지만 「크레이지 리치 아시안」을 둘러싼 수사였던 막장 드라마처럼 재벌에겐 자연스러운 정략결혼, 음모의 가담과 연루, 상류 계층 구역을 구획하는 에티켓의 표출·준수·강요, 연관된 갈등. 소설에선 나오진 않습니다. 대신 김사과는 어느 '크레이지

리치 아시안'의 약물 중독과 신경 폭발을 통해
지난날 이명준과 다른 방식으로 현재의 광장을
재탐색합니다. 이명준은 지인의 집, 연인의
집에 머물렀지만 주인공은 약물에 절어 호텔에
있습니다. 극도의 약물 상태는 분열된 다중
자아의 재현으로 확인됩니다. 아무개는 덕수궁
국립현대미술관에 들어섰고, 명동의 한 백화점에
들어섰으며 동시에 시청 앞 호텔로 돌아갑니다.
그러면서도 호텔 창밖으로 보이는 광장을
의식합니다. 열일곱 살 시절 강남 교보문고에서
본『광장』의 기억을 소환합니다. 그는 아무
곳에 있었고 아무 곳에도 없던 존재인지
모릅니다. 프로디지(Prodigy)의 뮤직비디오,
영화「트레인스포팅(Trainspotting)」의 OST가
절로 떠오르는 장면 기법 속에서 김사과의
인물은 2019년의 백화점, 호텔, 미술관, 광장을
순례합니다. 미술관에 들어선 주인공은 여전히
정신없지만 '나 딸을 낳아요'란『광장』속
은혜의 말은 기억하고 있을 겁니다. 미술관에
들어서자 주인공은 출산 장면을 담은 그림 한
점을 감상합니다. 그는 광장 한가운데 여자의
가랑이 사이, 깜깜한 구멍 속에서 애벌레 같은
뭔가가 꿈틀대며 기어 나온다고 생각합니다.
그리곤 징그러운 과정을 거쳐 누나가 자신에게

안겨준 아이가 탄생했다는 지독한 환각 상태에 머무릅니다. 소설을 보면서 말풍선에 말을 채워봤습니다. 광장은 이 아이의 탄생과 등장을 축복해줄 수 있을까. 역으로 아이는 당신과 내가 살아가고 겪어가는 광장에서 태어남을 축복으로 여길까. 소설 말미. 누나는 주인공에게 엄마가 보낸 편지를 읽어보라고 전합니다. 주인공은 누나에게 내용을 대신 알려 달라 말합니다. 누나도 당장 엄마의 편지를 손에 쥐고 있진 않습니다. 누나의 어렴풋한 기억으론 커다란 하트 속에 담긴 사랑, 마음, 가족 운운하는 내용입니다. 주인공은 대뜸 묻습니다. 그 커다란 하트가 일종의 광장이냐고. 최인훈의 『광장』에도 사랑이 중요하게 나옵니다. 하지만 이명준이 지향하는 사랑과 지금 이 시간을 통과 중인 당신과 내가 지향하는 사랑은 다를 겁니다. 2019년의 광장엔 2019년의 광장다운 향취가 있을 겁니다. 당장 2020년에도 훗날 2045년에도 글로 가늠기도 버거운 2089년에도 그해의 『광장』, 그때의 광장이 존재할 겁니다. 물론 그 광장을 아우르는 보이지 않는 광장의 역사가 무형의 건축물로 조성되어 있을 겁니다. 당신과 나는 이를 감지하며 혹은 간과하며 광장을 살아갈 겁니다. 소설로 돌아옵니다. 홀로 있는 호텔에서 주인공은 창문으로 텅 빈 광장을 가로지르는

여성을 봅니다. 언뜻 꼿꼿하고 당당한 걸음처럼
보였지만 다시 보니 발걸음이 조급합니다. 그녀는
아주 빠르게 광장으로부터 멀어집니다.

○

광장을 가로질러 멀어지는 여성과 그 여성을
바라보는 어느 아시아인을 상상하면서. 광장다운
이미지의 파쇄를 꾀하며 대표되는 광장의
광경에 복무하지 않으려는 산책자를 지켜보면서.
광장다운 규격에 매몰되지 않고 말과 말이
부대끼는 광장-되기를 실천하고픈 산책자를
떠올리면서. 안주해온 미(美)의 형태에서 탈피한
이상향을 도모하려는 한 종족의 대범한 계획에
이끌리면서. 광장을 향한 자유로운 상상의
조감도에 가닿는 코끼리와 고구마의 활약에
절로 손을 흔들어보면서. 우리 각자의 미래가
고유의 특성을 잃지 않은 채로 펼쳐지는 데
필요한 한 뼘의 광장을 고심하는 사람을 보면서.
동등하게 서로 얽히고설킬 가능성의 연대를
얼마나 모색해왔는지 마음 앓는 이들을 보면서.
생각합니다.

광장을 떠날 순 있지만 광장을 떨쳐낼 수 있을까.

이사빈
국립현대미술관 학예연구사.

출간의 말
이사빈

이 책『광장』은 국립현대미술관의 50주년을
기념하는 전시『광장: 미술과 사회 1900~2019』
중 동시대 파트에 해당하는 3부 전시의 일환으로
기획되었다.* 미술관에서 열리는 대부분의
전시에는 전시 도록이 함께 출간된다. 수많은
사람의 시간과 노력, 그리고 막대한 비용이
투입되어 만들어지는 전시는 전시실이라는
공간에 화려하게 펼쳐졌다가 몇 달 후에는 완전히
철거된다. 그러다 보니 전시 도록은 한 번 열리고
사라지는 전시를 기록하기 위한 성격이 짙다.
이 소설집은 전시를 기록하는 것이 아닌, 전시에
참여하는 책의 형태를 고민한 결과물이다.

* 전시는 총 3부로 구성되며 근대 시기를 다룬 1부는 덕수궁관,
한국전쟁 이후부터 현대까지를 다룬 2부는 과천관, 동시대를 다룬
3부는 서울관에서 개최되었다.

이 책에 참여한 소설가 일곱 명에게는 '광장'이라는
전시의 주제어와 원고지 80매라는 분량, 그리고
마감일만을 제시해 원고를 의뢰했다. '광장'이라는
제목의 전시를 담당하게 되었을 때 내가 느꼈던
막막함을 이 일곱 명의 소설가들도 똑같이 느끼지
않았을까 싶다. 그 막막함은 '광장'이라는 단어가
지니는 무게와 넓이에서 비롯한다. 분단 문학의
대표작인 최인훈의 소설 『광장』, 민주화 투쟁의
역사, 촛불 집회의 경험을 지닌 오늘날의 한국에서
광장은 역사성과 시의성을 모두 지니며 장소성을
초월하는 특별한 단어가 되었다.

이 책에도 다양한 형태의 광장이 등장한다.
최인훈의 소설, 시청 앞 광장, 광화문 광장,
크리스마스 마켓이 열리는 (아마도) 유럽 어느
도시의 광장, 집단 주거 단지 내 공용 공간,
확장된 감각을 소통하는 새로운 네트워크 시스템,
스마트폰의 단체 대화방 등. 대체로 1인칭의 화자를
통해 전개되는 이야기들은 광장이 타인을 통해
나를 발견하게 되는 공간임을 은연중에 드러내는
듯하다.

연대와 분열과 혼돈이 공존하는 장소, 공동체가 무엇인지를 끊임없이 질문하게 하는 공간이 결국 오늘의 광장이라고 생각한다. 이 책보다 먼저 사라지게 될 전시의 경우에는 타인과의 공존이라는 문제를 다루거나 공동체의 의미와 역할을 성찰하는 사진, 영상, 설치 작품으로 구성했다. 이 책의 각 소설에서도 비슷한 주제 의식이 엿보인다면 이는 아마도 전시의 기획자와 참여 작가, 그리고 책의 편집자와 소설가들이 비슷한 고민을 공유하며 동시대를 살아가고 있다는 증거일 것이다.

책을 위한 최초의 아이디어를 제공하고 디자인을 맡아주신 워크룸의 김형진 디자이너, 좋은 작가들을 섭외하고 작품 해설을 쓴 김신식 시각문화연구자, 그리고 광장이라는 주제에 대한 고민을 공유하며 개성 넘치는 글을 써주신 일곱 명의 작가들께 감사드린다.

이 책은 국립현대미술관 50주년 기념전
『광장: 미술과 사회 1900~2019』의 3부 전시
(2019년 9월 7일~2020년 2월 9일, 국립현대미술관 서울)와
연계해 발간되었습니다.

국립현대미술관
50주년
THE
FIFTIETH ANNIVERSARY OF
MMCA KOREA